LA HACHE DE GUERRE

DANS LA MÊME SÉRIE

1. La révélation
2. L'intrus
3. Pouvoirs secrets
4. La protectrice
5. L'étrangère
6. Le passager clandestin
7. La Pierre de Minuit
8. Le rebelle
9. Le renégat
10. Nouveau départ
11. Les assassins n'oublient jamais
12. Le prix d'un miracle
13. Le syndrome Valenti
14. La hache de guerre
15. Secrets de famille (juillet 2003)

ROSWELL™

MEL ODOM

LA HACHE DE GUERRE

D'après la série télévisée développée par Jason Katims

Fleuve Noir

Titre original :
Shades

Traduit de l'américain par
Anne-Virginie Tarall

Série proposée par Patrice Duvic

ISBN : 2-265-07479-9

CHAPITRE PREMIER

Un éclair blanc déchira le ciel nocturne. Le tonnerre grondait dans le lointain, mais il se rapprochait.

Allongé sur son sac de couchage, près du feu de camp, Michael Guerin regardait les nuages noirs s'amonceler. Il se sentait tendu et excité – bizarrement, c'était une sensation plaisante. Une expérience rare, pour un jeune homme qui avait autant de secrets.

— Guerin !

— Quoi ? demanda Michael, sans regarder son interlocuteur.

— Pourquoi souris-tu ?

— Je ne m'étais pas aperçu que je souriais.

— Eh bien, c'est le cas, et tu ferais mieux d'arrêter. Personne n'a envie d'être surpris par un orage.

— Pour sûr…

Michael plaça plus confortablement ses mains, croisées derrière sa tête. Ce matin, il était *taciturne*. C'était le mot qu'avait employé Junior Doggett. Il ne faisait pas vraiment partie du vocabulaire de Michael. Mais il le ressortirait peut-être lors d'un examen, puisqu'il avait décidé de continuer ses études.

Un autre éclair zébra la voûte céleste. La masse d'air, au-dessus du désert, changea, et la température baissa d'au moins cinq degrés.

— Il va faire froid, cette nuit, dit Junior.

— Tu aurais peut-être dû apporter ton pyjama molletonné, répondit Flynn.

Il était souvent méchant et grossier. Et aussi grand et costaud que Junior était petit et malingre.

Au lycée, Michael ne les fréquentait ni l'un ni l'autre, mais les vacances d'été les avaient rassemblés. Ils avaient été engagés par Kurt Bulmer, un géologue, pour l'aider à faire des relevés autour de Roswell.

Le tonnerre sembla exploser juste au-dessus de leur tête. Une bourrasque traversa le camp, charriant du sable. Michael eut l'impression qu'on venait de tirer un coup de canon. Les tentes tremblèrent sous l'assaut, puis reprirent leur allure de champignons vénéneux plantés dans le sol brun.

Le jeune homme sourit de contentement.

Je suis libre ! Pas de dispute avec Maria pendant les deux prochains jours. Ni d'interrogatoire au sujet de ce que je compte faire de ma vie. Ou de débat sur la responsabilité.

Bien sûr, cet interlude terminé, il devrait retourner travailler au *Crashdown Café*. L'année scolaire avait pris fin quelques jours plus tôt, en même temps que ses espoirs de retourner sur sa planète d'origine.

Tess était partie avec le bébé de Max. Michael devait avouer que ça lui était égal, même s'il avait les tripes nouées chaque fois qu'il se rappelait qu'elle les avait trahis. Et qu'elle avait assassiné Alex.

Il voulait que Tess paye pour ce qu'elle leur avait fait.

Max n'était pas prêt à devenir père, même s'il pensait le contraire. Mais il ne serait pas à prendre avec des pincettes jusqu'à ce qu'il l'ait compris. Cela dit, être un extraterrestre dans une petite ville n'avait rien de facile. Alors Michael avait l'habitude des complications.

Un nouvel éclair illumina le ciel, suivi aussitôt par un coup de tonnerre.

— Une tente, ça fuit, dit Junior.

— Non ! répondit Flynn.

— Si, l'humidité traverse la toile.

— Seulement si tu touches les parois pendant qu'il pleut, abruti. Alors, évite de t'y adosser.

— Et si je roule contre la toile pendant mon sommeil ?

— Pas de problème, lâcha Flynn. Je vais te ficeler dans ton sac de couchage. Kurt a sûrement une corde dans son équipement.

Cette remarque fit s'esclaffer les deux derniers membres du groupe. Quand Junior les invectiva, Michael dut reconnaître que son vocabulaire ne se limitait pas à des termes pompeux.

Il s'assit sur son sac de couchage et se tourna vers les deux adversaires.

— Hé, Bert et Ernie, fit-il.

Flynn lui jeta un regard noir, imité par Junior.

Hostilité mêlée de culpabilité, analysa Michael. *Ça aurait pu marcher, les gars, mais aucun de vous n'arrive à la cheville de Maria.*

— Hein ? répondit Flynn.

— On s'ennuie ? demanda Michael.

Il portait un T-shirt et un jean poussiéreux. Et il ne pourrait pas se laver avant son retour à la civilisation. Maria n'aurait jamais pu survivre dans ces conditions, mais ce n'était pas son problème.

— De quoi tu parles ? lança Flynn, soupçonneux.

Michael savait qu'il avait attiré l'attention de ses camarades. Tous s'étaient rassemblés autour du feu, au milieu du camp. Près de là, Kurt Bulmer travaillait sous sa tente, à la lumière d'une lampe électrique.

Tiller et Perry approchèrent. Michael avait parfois croisé Tiller dans les couloirs. Le genre de type pour qui le lycée n'était qu'une étape obligatoire pour atteindre la phase suivante de sa vie. L'an passé, il avait quitté l'école pour s'occuper de sa mère et de ses trois sœurs, après que son père, un ancien de la Navy, se fut suicidé.

Perry était un joueur invétéré qui n'avait rien en commun avec Junior et ses semblables. Comme toujours, il portait des lunettes de soleil et un T-shirt noir où s'affichait une pin-up armée d'un flingue et d'une épée. Il battait les cartes d'un jeu que ses amis et lui pratiquaient au lycée et au *Crashdown*.

— On s'ennuie tous, expliqua Michael en levant les yeux vers le ciel. (Jusque-là, il ne pleuvait heureusement pas.) Il fait nuit, mais il est quoi, vingt et une heures ? Aucun de nous n'a l'habitude de se coucher aussi tôt.

— L'heure à laquelle Junior se couche d'habitude doit être passée, railla Flynn, ce qui lui valut une riposte cinglante de sa victime.

Michael mobilisa le peu de patience qui lui restait.

— Je me disais que nous pourrions trouver un truc à faire.

Perry battit ses cartes plus vite, mais personne ne répondit à son invitation muette.

— Je sais ! s'écria Junior en prenant son sac à dos.

Il en sortit plusieurs livres et une lampe. Puis il s'éclaira le visage par-dessous, ses yeux évoquant deux trous sombres et sinistres.

— Tu te prends pour une citrouille d'Halloween ? demanda Flynn.

— Non, espèce de crétin ! lâcha Junior, dédaigneux.

Flynn bondit sur ses pieds.

— Je vais te réduire en bouillie !

Junior éteignit sa torche comme s'il voulait disparaître dans l'obscurité.

— Flynn écrabouille ! railla Perry. Flynn détruit !

— Dès que j'en aurai fini avec l'avorton, je m'occuperai de ton cas !

— Rien à voir avec Halloween, intervint Michael, soucieux de reprendre le contrôle de la situation. Il veut parler d'histoires de fantôme.

Junior ralluma sa lampe et cria :

— Bouh !

Malgré ses airs de dur, Flynn fit un bond en arrière. Sa réaction instinctive déclencha les rires de Perry et de Tiller. Michael sourit, même s'il n'avait pas vraiment envie d'entendre des histoires de fantômes, car il les trouvait presque aussi ennuyeuses que la dispute de ses camarades. Mais il était content que l'*un* d'eux ait trouvé *quelque chose* à faire.

— Tu crois que tu n'auras pas trop peur, Flynn ?

demanda Perry. On raconte qu'il s'est passé des choses horribles dans ce désert

Ne résistant pas à l'idée de se moquer de Flynn, Tiller renchérit :

— Les Indiens Mesalikos croient en une multitude de monstres métamorphes mangeurs d'homme. Sans parler des histoires de disparitions et des meurtres mystérieux qui se sont produits dans les caravanes de chariots, à l'époque de la ruée vers l'or.

— Tas de crétins ! répondit Flynn. La dernière fois que j'ai eu peur, je portais des couches !

— Voyons, fit mine de réfléchir Junior. Ça remonte à… la semaine dernière ?

Flynn serra les poings et avança vers lui.

En temps normal, Michael aurait laissé faire. Mais pas cette fois. En un clin d'œil, il se leva et s'interposa entre Flynn et Junior. Tiller avait bondi sur ses pieds, mais il n'aurait jamais pu intervenir à temps.

Flynn foudroya Michael du regard.

— Tu veux te battre, Guerin ?

Michael garda les mains levées, les doigts écartés pour montrer qu'il ne cherchait pas la bagarre. Il savait qu'il pourrait bloquer le coup de Flynn avec son avant-bras, si les choses en arrivaient là.

— Moi ?

Il secoua la tête.

— Alors, écarte-toi.

— Je ne peux pas te laisser faire ça, dit Michael.

Flynn se prépara à frapper.

— Réfléchis. Si vous vous battez, nous serons peut-être tous renvoyés. Et j'ai besoin de cet argent.

Flynn jeta un coup d'œil vers la tente de Kurt Bulmer.

— Alors, Flynn ? Tu crois que tu pourras supporter Junior encore deux jours ?

La brute regarda sa victime par-dessus l'épaule de Michael.

— Dès que tout ça sera fini, je te démolirai.

Junior se rallongea, mains derrière la tête, comme si cette menace ne s'adressait pas à lui.

— Alors, tout le monde est d'accord pour des histoires de fantômes ? demanda Michael sans quitter Flynn des yeux. Tiller ?

— Sûr. Il me reste des marshmallows.

— Et toi, Perry ? Tu veux commencer ?

— D'accord. J'en ai une bonne. Je lui ai donné pour titre *Mangeur de Têtes*.

— Très prometteur. (Michael regarda Flynn.) Nous sommes tous d'accord ?

— Ouais, répondit Flynn à contrecœur.

Il jeta un dernier regard haineux à Junior, puis retourna s'asseoir. Du coin de l'œil, Michael surprit Junior à faire un geste qui lui aurait valu une mort instantanée, si Flynn l'avait remarqué.

Michael reprit sa place.

— Ça s'est passé il y a très longtemps, commença Perry d'une voix sépulcrale. Quand l'Ouest était encore sauvage. A cette époque, les Mesalikos étaient les seuls à vivre dans ces montagnes et ces vallées alcalines. Et ils n'étaient pas très amicaux.

Michael eut aussitôt des doutes. Quand ils avaient rencontré Chien de Rivière, le chamane des Mesalikos de la réserve située près de Roswell, Max avait fait des recherches. Les Indiens de cette tribu ne s'étaient jamais montrés violents ou belliqueux, sauf en cas de provocation ou d'attaque.

— Il y avait ce type, que la tribu a banni. Plus personne ne se rappelait son vrai nom, parce que tous le considéraient comme un sous-humain.

— Pourquoi a-t-il été banni ? demanda Flynn, avec un regard pour Junior. C'était un idiot et plus personne pouvait le sentir ?

— Non, répondit Perry. Mangeur de Têtes a été banni à cause de l'activité qui lui a valu son surnom.

— Il mangeait des têtes ? demanda Junior, les yeux brillant derrière ses lunettes.

— Ouais.

— Cool !

— Mangeur de Têtes a été coincé dans les montagnes pendant l'hiver, continua Perry. Une tempête de neige a surpris sa bande de chasseurs.

Michael écoutait d'une oreille distraite. Cette histoire ne différait en rien des autres du même genre. Et les schémas classiques ne parvenaient plus à le surprendre. Il avait deviné la fin du *Sixième Sens* dès le milieu du film.

Personnellement, il s'en fichait, mais la révéler à Maria avait été une erreur. Il ne comprenait toujours pas pourquoi elle avait si mal réagi. Après tout, elle avait voulu savoir… jusqu'à ce qu'il lui dise. Ensuite, elle avait fait la tête.

Une fois de plus !

Perry racontait son histoire, sans lésiner sur les détails sanglants et macabres. Il décrivit l'attaque du grizzli qui avait décimé le groupe de chasseurs, les tuant l'un après l'autre. L'orage imminent ajoutait à l'ambiance. Junior et Flynn écoutaient, les yeux écarquillés.

Tiller, lui, ne disait rien.

Trop tard, Michael s'avisa que l'idée de raconter des histoires de fantômes n'était sans doute pas si bonne que ça. Le père de Tiller s'était suicidé récemment ! Mais s'il intervenait maintenant, ce serait encore pire.

— Donc, Mangeur de Têtes est resté là pendant des jours, continua Perry, et il a commencé à avoir très faim. A force de voir ces guerriers morts autour de lui, il a fini par les trouver appétissants. Alors, il a fait du feu…

— Pendant une tempête de neige ? lâcha Flynn.

Perry eut l'air agacé.

— La tempête s'était calmée depuis des jours.

— Il a brûlé quoi ? S'il y avait du bois, il devait être couvert de neige.

— Il en a trouvé, d'accord ?

— Pas après une tempête. Non, monsieur !

— Ce serait mieux s'il mangeait les têtes crues, ajouta Junior. Positivement écœurant.

Michael tendit la main vers le paquet de marshmallows, en prit deux et les piqua sur la tige qu'il avait utilisée pour faire cuire ses hot-dogs. Alors que les boules de guimauve brunissaient, il leur trouva un aspect de crâne en train de rôtir. Un instant, il fut tenté de partager cette impression avec les autres, puis il se ravisa.

— D'accord, soupira Perry. Il a mangé les têtes crues. Le voilà, avec sa jambe à moitié mâchouillée par le grizzli…

— Tu n'avais pas dit que c'était son bras ? coupa Flynn.

— Bon sang ! explosa Perry. Vous voulez bien me laisser raconter cette maudite histoire ?

— C'est plus crédible quand on soigne les détails, dit Junior.

— Bon, ce type a un bras *et* une jambe foutus…

— Alors, comment peut-il frotter deux bouts de bois – miraculeusement épargnés par la tempête de neige – pour faire un feu ? demanda Flynn.

— Je raconte cette histoire telle que je l'ai entendue, d'accord ?

— Revenons à la partie où il mange les têtes, proposa Junior.

Michael retira ses marshmallows du feu, souffla dessus et les fourra dans sa bouche. La couche caramélisée céda et une mousse onctueuse et presque brûlante lui coula sur la langue.

Perry se lança dans des détails sordides, décrivant la manière dont son héros avait fendu les crânes pour se nourrir.

Bientôt, Junior et Flynn eurent l'air vaguement verts à la lueur des éclairs.

De l'autre côté du feu, Tiller se leva et s'éloigna. Les éclairs illuminèrent sa silhouette trois fois avant qu'il ne disparaisse.

— Quand il est retourné dans sa tribu, au printemps, les guerriers ont décidé d'aller dans les montagnes pour enterrer leurs frères, continua Perry. Il le fallait, sinon leurs esprits seraient restés prisonniers de ce monde au lieu de rejoindre l'autre.

— C'est comme ça qu'ils ont découvert ce que Mangeur de Têtes avait fait ? demanda Flynn.

Perry acquiesça, même si le cœur n'y était plus.

— Ils ont trouvé des crânes fendus, tels des coquilles de noix. Mangeur de Têtes a essayé de faire croire que le grizzli était coupable, mais personne n'a avalé ça. Il a été banni.

Michael lorgna le paquet de marshmallows, puis décida qu'il avait mangé assez de sucreries. Il ferait mieux de dormir ou de faire une razzia dans la glacière pour trouver d'autres hot-dogs.

— Tu sais, dit Flynn en regardant Junior, je crois qu'il n'y a jamais eu de grizzli au Nouveau Mexique.

— En effet… J'ai vu un reportage il y a quelques jours. On les trouve seulement sur les côtes, et dans le nord.

Perry eut un soupir exaspéré.

— Personne ne veut savoir ce qui est arrivé à Mangeur de Têtes ?

— Il a été banni de sa tribu, répondit Flynn. Après ça, il a erré dans le désert, enlevant des Blancs la nuit, dans leurs chariots, pour les tuer et les manger.

— Il a probablement laissé des crânes vides partout, ajouta Junior. A sa mort, comme personne ne l'a enterré, il est resté ici. Et il continue à bouffer les gens qu'il trouve dans le désert.

Perry jura et s'allongea sur son sac de couchage.

— Bon sang, vous craignez, les gars…

La fin de sa phrase se perdit sous les cris paniqués de Tiller, eux-mêmes noyés par un coup de tonnerre.

— Hé ! cria Flynn. C'était Tiller !

Michael avait déjà bondi sur ses pieds. Les ombres s'étaient répandues autour du camp, à peine déchirées par leur feu.

CHAPITRE II

— Où est Tiller ? demanda Junior.

Kurt Bulmer sortit en trombe de sa tente.

— Que se passe-t-il ?

Laissant à Junior le soin de répondre, Michael prit sa lampe torche dans son sac à dos et courut vers l'endroit où avaient retenti les cris. La pluie qui s'était finalement décidée à tomber lui piquait les yeux, lui plaquait les cheveux sur le crâne et transformait le désert en bourbier.

Tiller hurla de nouveau – cette fois avec une note de désespoir et de douleur.

Michael éclaira la colline qui se dressait devant lui. Des buissons et des cactus s'accrochaient à son flanc. Le pied droit du jeune homme s'enfonça dans un trou, et il tomba à genou. Mais il se releva aussitôt, et continua sa route.

La pente était encore plus raide de l'autre côté. Les tennis de Michael glissèrent, et il frôla un cactus au passage. Ignorant la douleur, il baissa sa torche… et découvrit Tiller, sur le sol.

Il était à genoux dans la boue. La pluie ruisselait autour de lui, et entre ses doigts. Tête baissée, il tremblait comme une feuille.

— Tiller ! appela Michael. Hé, Tiller !

Tiller ne répondit pas.

— Que se passe-t-il ? demanda Kurt Bulmer du haut de la colline.

Michael jeta un coup d'œil par-dessus son épaule et vit

Bulmer, Junior, Perry et Flynn. Un éclair les illumina une fraction de seconde.

Le tonnerre couvrit la réponse de Michael.

— Je ne sais pas, répéta-t-il.

Bulmer, qui commençait à descendre, perdit l'équilibre. Prudents, les autres restèrent sur la crête.

— Tiller, dit Michael, désireux de calmer son camarade. (Il lui posa une main sur l'épaule.) Que se passe-t-il ? Qu'est-ce qui ne va pas ?

— C'est mon père, répondit Tiller d'une voix rauque.

— Qu'y a-t-il, avec son père ? demanda Bulmer.

— Il est mort, répondit Michael.

— Je suis navré de l'entendre. Mais nous ferions mieux de le ramener au camp.

Michael prit Tiller par un bras pour l'aider à se relever, mais le jeune homme se débattit.

— Non ! Je dois rester ici !

— Pourquoi ? demanda Bulmer.

— Mon père, souffla Tiller.

Le géologue hésita.

— Nous parlerons de lui une fois de retour au camp.

— Mon père… il ne veut pas que je m'en aille !

— Votre père ne désirerait sûrement pas que vous restiez sous la pluie !

— Alors, dites-le-lui ! (Tiller se redressa et désigna quelque chose.) Dites-lui !

Au début, Michael ne vit rien. Puis une forme éthérée se matérialisa à la lisière du halo lumineux de sa torche.

La silhouette était vaguement humaine. L'homme semblait être couvert de la tête aux pieds d'une peinture argentée et luminescente. Il était grand et fort, avec un visage cruel, des petits yeux et une bouche large et dure.

Un seul détail dénotait : un nœud coulant, autour de son cou.

— Vous le voyez ? demanda Michael.

— Quoi ? demanda Junior.

Michael désigna la silhouette avec le faisceau de sa torche, qui passa à travers pour illuminer la végétation.

— Le fantôme.

— Je ne vois rien, fit Flynn.

Michael aurait voulu se retourner pour lui dire que c'était impossible. Mais il garda sa torche braquée sur la sinistre figure. Pour la première fois, il remarqua que les gouttes de pluie avaient des reflets argentés quand elles traversaient le spectre.

— Moi non plus, renchérit Bulmer. Donnez-moi un coup de main, Guerin. Nous devons ramener Tiller au camp. Voire le reconduire à Roswell.

— Non ! Vous ne voyez pas ? Mon père veut que je reste ici !

De fait, le fantôme indiqua au jeune homme de ne pas bouger.

Michael se tourna vers Bulmer.

— Vous ne voyez vraiment rien ?

— Non, répondit l'homme en essayant d'entraîner Tiller.

Il se débattit, criant des imprécations contre son père. Michael, qui le tenait par l'autre bras, maudit la pluie qui leur rendait la tâche encore plus difficile.

Soudain, le fantôme – l'*apparition*, corrigea Michael – s'élança. Il couvrit la distance qui le séparait d'eux sans faire de bruit ni soulever d'éclaboussures.

— Non ! hurla Tiller.

Changeant d'avis, il essaya de s'enfuir. Bulmer garda à grand-peine l'équilibre ; Michael tomba à genou et sentit l'eau se refermer sur sa jambe.

Puis le fantôme les percuta, Tiller et lui, et la foudre tomba tout près d'eux. Michael sentit une décharge d'électricité lui traverser le corps. Tiller en profita pour se dégager. Sur le coup, ce fut le cadet de ses soucis. Renversé par une force surhumaine, il atterrit dans l'eau glacée.

Le temps reprit son cours. Michael sentit son cœur repartir, à un rythme normal.

— Restez allongé, dit Bulmer.

Michael repoussa sa main.

— Je vais bien. (Il s'assit et regarda Tiller.) Et lui ?

— Il est inconscient, répondit le géologue. Mais son pouls est bon…

Tiller gémit, puis ses paupières frémirent et se soulevèrent.

— Vous l'avez vu ? dit-il.

— La foudre ? demanda Bulmer.

Michael regarda le cratère de la taille d'un terrain de football. Il préférait ne pas penser à ce qui se serait passé si elle les avait frappés alors qu'ils pataugeaient dans l'eau.

— Non, le fantôme. Celui de mon père.

Bulmer secoua la tête.

— Il n'y avait aucun fantôme, Tiller. Juste un éclair qui est tombé beaucoup trop près.

— Non, insista Tiller. J'ai vu le fantôme de mon père.

Michael retrouva la torche qu'il avait lâchée et promena le faisceau autour de lui.

Aucune trace de l'apparition.

— Donnez-moi un coup de main, dit Bulmer. Je vais conduire Tiller aux urgences.

— Non ! Je ne veux pas aller aux urgences. Je sais ce que j'ai vu. (Il allait en dire plus, mais se ravisa.) Je sais ce que j'ai vu, répéta-t-il, d'une voix tremblante.

Il tourna les talons et retourna au camp.

Bulmer leva sa lanterne pour regarder le cratère. La lumière se refléta sur l'eau qui commençait à le remplir.

— Avez-vous vu quelque chose ? demanda-t-il.

Michael étudia l'obscurité un moment. Plus rien. Et à part Tiller, il avait été le seul à voir le « spectre ». Il devait y réfléchir. Ses sens d'extraterrestre lui permettaient souvent d'avoir une autre perception des choses, et il ignorait encore l'étendue de ses pouvoirs. Mais il ne pouvait pas afficher sa différence. La sécurité était garante de l'anonymat.

Il éteignit sa torche.

— Non, répondit-il.

Alors qu'il remontait la colline, il souhaita ne jamais revoir le spectre.

Max Evans gara l'Oldsmobile Cutlass 71 à l'entrée de la réserve mesaliko. Après l'explosion de la Jeep, il lui avait fallu un moyen de transport. La Cutlass louée faisait l'affaire. A travers le nuage de poussière jaune qu'il avait soulevé, il regarda les gens aller et venir dans le village. Au milieu de la matinée, le soleil était déjà brûlant.

Il n'arrivait pas à croire qu'il restait là, derrière le volant. Les Mesalikos devaient penser qu'il était perdu. Et peut-être était-ce le cas. Depuis que Tess était partie avec le bébé – son fils – il y avait en lui un vide qui n'existait pas avant.

Max regarda son reflet dans le pare-brise poussiéreux.

J'ai envoyé mon fils sur une autre planète et je ne l'ai pas suivi. Quel genre de père suis-je ?

Toute sa vie, il avait essayé de rester dans sa bulle. Se mêler aux autres était dangereux pour lui, parce qu'il était différent. Il l'avait toujours su – mais en ignorant à quel point.

Aussi distant qu'il ait voulu rester, il s'était impliqué dans la vie des autres, quand la situation l'exigeait. Sa réserve avait fondu comme neige au soleil quand il avait dû sauver la vie de Liz Parker, le jour où elle avait été blessée par balle, au *Crashdown Café*. Parfois, dans ses cauchemars, il la voyait encore tomber en arrière. Ce jour-là, il avait choisi d'utiliser ses pouvoirs pour la guérir. Un acte qui les avait liés… puis séparés.

Ouvrant la portière de la Cutlass, Max sortit dans la fournaise. Le *tic-tic* de la climatisation de la voiture lui parut très fort dans le silence. En le voyant, un enfant se cramponna à la jambe de sa mère et se cacha derrière elle.

Trois Mesalikos en jean, T-shirt et chemise aux manches coupées posaient le toit d'un bâtiment commun. Sans échanger un mot, ils se levèrent et sautèrent à terre. Ils atterrirent souplement, et se dirigèrent vers Max.

Il resta où il était et les regarda approcher. Pourtant, il aurait voulu sauter dans la Cutlass et s'en aller. Les hommes s'arrêtèrent à moins d'un mètre de lui, déployés en demi-cercle.

— Que faites-vous ici ? demanda celui du milieu.

Il était de la même taille que Max et plutôt mince. Mais ses bras et ses épaules étaient musclés par les travaux. Une de ses mains calleuses tenait toujours le marteau dont il se servait un instant plus tôt.

— J'ai été invité, répondit Max.

Il devait forcer les mots à sortir. Son expérience lui avait appris que les Mesalikos n'aimaient pas les étrangers. Encore moins ceux qui étaient liés à la légende des Visiteurs, dont le vaisseau s'était écrasé près de Roswell en 1947.

— Par qui ? exigea de savoir l'Indien.

— Chien de Rivière.

Le messager avait joint Max à Roswell.

— Personne ne m'a rien dit.

— Vous m'en voyez désolé.

— Il n'a rien à faire ici ! dit le type de gauche.

— Faisons-le déguerpir ! ajouta celui de droite.

La colère submergea Max. Cette émotion était nouvelle, mais elle faisait partie de lui depuis qu'il avait perdu son fils et qu'il avait vu Liz avec Kyle.

— Je ne partirai pas, dit-il.

L'homme au marteau le regarda, impassible.

— On ne vous laissera pas le choix, mon garçon.

Un des hommes qui le flanquaient avança d'un pas.

Max résista à l'envie de reculer vers la Cutlass pour les empêcher de l'encercler.

Les aboiements d'un chien se mêlèrent à un bruit de course. Une petite fille aux tresses ornées de plumes et de turquoises fonçait vers eux. Elle portait un bermuda kaki et un débardeur fuchsia et ne devait pas avoir plus de dix ans.

— George Faucon Gris, dit-elle. Chien de Rivière attend cet homme.

Faucon Gris, l'homme qui menaçait Max avec son marteau, s'écarta à contrecœur devant la fillette. Sur ses talons, le chien jappait gaiement.

La petite fille s'arrêta devant Max et l'étudia de la tête aux pieds, comme s'il était un spécimen de laboratoire.

— C'est vous, Max ? demanda-t-elle.

— Oui…

Voyant qu'il ne bougeait pas, elle lui prit la main, hésitante.

— Je m'appelle Sarah Renard Rapide. N'ayez pas peur.

— Je n'ai pas peur, dit Max en passant devant Faucon Gris et ses hommes.

— C'est faux !

Les enfants connaissent-ils toujours la vérité ? se demanda Max.

Il faudrait qu'il réfléchisse à cette possibilité. Quand il retrouverait son fils – il était certain que ça arriverait un jour – le croirait-il lorsqu'il lui expliquerait pourquoi il était resté ? Probablement… La véritable question était : comprendrait-il ?

Le chien trottina près d'eux quand ils quittèrent le village et s'engagèrent dans les collines. Le soleil martelait la terre brûlée.

Max vit les traces laissées par le ruissellement de la pluie, trois jours plus tôt. Ces cicatrices disparaîtraient bientôt, lissées par le vent sec du désert. Les cactus en fleurs ajoutaient au paysage des touches violettes, blanches, roses et jaunes.

Sarah s'arrêta et tendit un bras.

— Chien de Rivière est là-bas.

Max avança et aperçut le chamane, assis en tailleur face au soleil levant, sur une couverture colorée. Il avait revêtu sa tenue traditionnelle, des symboles peints sur sa poitrine, son visage et ses bras.

Max eut une sensation de malaise au creux de l'estomac.

— Que lui arrive-t-il ?

Sarah regarda le chamane et plissa le front.

— Il ne m'a rien dit.

— Pourquoi m'a-t-il envoyé chercher ?

— Je l'ignore, répondit l'enfant, s'agenouillant pour prendre la tête du chien entre ses mains, histoire qu'il cesse de gémir. Les légendes du Peuple disent que deux personnes qui sont incomplètes, chacune ayant ses problèmes, trouvent parfois le moyen de s'aider l'une l'autre.

Elle se releva.

— Je vois que vous avez des problèmes. C'est peut-être pour ça que Chien de Rivière vous a fait venir. J'espère que les légendes disent vrai.

Moi aussi, pensa Max.

Le chamane mesaliko figurait parmi les personnes qu'il voulait consulter pour l'aider à retrouver son fils. Mais il ignorait comment Chien de Rivière aurait pu réussir cet exploit. Et il ne se sentait pas prêt à tout lui dire. Le chamane les avait aidés à retrouver les pierres de guérison, puis Nasedo, mais il ne s'était pas montré très amical. Ce qu'il avait dit à Liz le prouvait. Mais il avait aidé Michael, quand il était malade.

Max baissa les yeux vers la petite fille, pour la remercier. Elle dévalait déjà la colline, le chien sur les talons.

Le jeune homme se tourna vers Chien de Rivière. Le sol sablonneux, dur comme de la pierre, crissa sous chacun de ses pas.

Alors qu'il n'était plus qu'à quelques mètres du chamane, Max aperçut du coin de l'œil des mouvements entre les rochers et les cactus. Il tourna la tête, mais ne vit qu'une tache argentée disparaître dans la terre craquelée.

Une fraction de seconde plus tard, un mur d'air percuta Max, assez violemment pour le faire chanceler. Il se stabilisa et pivota, face au soleil levant. Des sabots martelaient le sol avec un bruit assourdissant.

Le vent avait soulevé un nuage de poussière jaune. Il le poussa vers l'endroit où était assis Chien de Rivière.

Le bruit de sabots devint plus fort.

Un cavalier et sa monture se matérialisèrent dans le nuage de poussière et gagnèrent de la vitesse jusqu'à le distancer. Un guerrier Indien, sur un cheval lancé au galop… L'homme et l'animal arboraient des peintures de guerre. Le guerrier portait un plastron fait d'os d'oiseaux et un pagne en cuir. Ses cheveux ornés de plumes d'aigle, il tenait un bouclier en cuir dans la main gauche et une lance dans la droite.

Sans ralentir, le guerrier lança un cri de défi et fondit sur Chien de Rivière. Il ramena sa lance en arrière, les muscles de ses bras roulant sous sa peau brune.

CHAPITRE III

Liz se regardait dans le miroir de sa chambre.

Ai-je l'air d'une fille qui réussit par miracle à ne pas craquer ? se demanda-t-elle. *D'une fille à un cheveu de devenir folle ?*

Elle avait le droit de se poser ces questions. Combien de gens auraient supporté une telle situation sans craquer ? Comme si cette histoire de « Petit Ami Extraterrestre » n'était pas assez, il avait fallu qu'elle le repousse. Maintenant, elle devait accepter que Max ait fait un enfant à une autre fille, à qui il était marié dans une autre vie, et que cette garce ait tué son meilleur ami. Décidément, c'était plus qu'une seule personne ne pouvait endurer.

Car telle est la question, n'est-ce pas ? demanda Liz à son reflet. *Faire face ou non !*

Réussir une relation était déjà difficile pour deux personnes *normales*.

Elle se rappela sa réaction quand Max l'avait informée de sa décision : repartir sur son monde grâce au Granilith. Quelques jours plus tôt, ils étaient assis dans la Jeep, devant le *Crashdown Café*.

— J'aurais tellement voulu que tout se passe différemment, avait-il dit.

Puis il s'était penché pour l'embrasser, et l'« étrangeté familière » de ce baiser l'avait frappée. Quand il s'était écarté, elle l'avait regardé, sentant Tess entre eux.

— Je suppose que c'est un adieu, avait-elle dit.

Puis elle avait lancé une des questions les plus difficiles qu'elle ait jamais eu à poser.

— Dis-moi une chose : tu l'aimes ?

Max n'avait pas hésité une seule seconde.

— Pas comme je t'aime.

Liz avait failli rester avec lui. Mais elle s'en était révélée incapable. Elle n'était plus qu'une boule d'émotions à peine sous contrôle. Il lui avait fallu toute sa force et sa volonté pour lui tourner le dos et retourner au *Crashdown*.

Des larmes brûlantes lui montèrent aux yeux. Liz les refoula. Elle ne pouvait pas se permettre de recommencer avec Max Evans. Elle s'y refusait !

Liz traversa la pièce, à peine consciente de la musique qui sortait du radioréveil, sur sa table de chevet. Jetant un coup d'œil à l'heure, elle s'avisa qu'elle allait être en retard. L'avantage était de n'avoir qu'un escalier à descendre pour aller travailler. L'inconvénient… c'était exactement la même chose ! Elle pouvait être appelée pour un remplacement n'importe quand. Ses parents ne l'avaient jamais fait, mais la possibilité existait.

Essayant de se concentrer, elle prit son tablier, son carnet de commandes et sortit. Des voix parvinrent à ses oreilles quand elle arriva dans le couloir. Sans doute ses parents… Puis elle se souvint que son père ne pouvait pas être à la maison.

Se sentant coupable à l'idée d'écouter aux portes, même si elle le faisait pour la bonne cause, Liz approcha de la cuisine.

— Je *sais* qu'il se passe quelque chose, insista Nancy Parker. Ça fait des semaines que Liz n'est plus la même.

Le cœur de Liz se serra. Elle pensait bien que ses parents se doutaient de quelque chose, mais s'ils éprouvaient le besoin d'en parler, ça signifiait qu'ils avaient l'intention de remédier au problème.

Mais que pourraient-ils faire ?

Mon petit ami est un extraterrestre. Pas le genre de truc dont on parle dans les talk-shows. Tout est bien assez com-

pliqué. La dernière chose qu'il me faut, c'est que mes parents s'en mêlent.

— Evidemment que je sais que je dois faire quelque chose, dit Nancy Parker.

Liz l'avait rarement entendue être aussi agressive, sauf quand elle parlait de sa propre mère. Les relations entre les deux femmes avaient été tendues, mais la jeune fille ne connaissait pas les détails.

— J'ai l'intention d'agir, répondit Nancy Parker. Tu m'as toujours accusée de faire l'autruche, mais tu avais tort. A présent, je refuse de continuer d'en parler, maman !

Un frisson glacé courut le long de l'échine de Liz. Sa grand-mère maternelle était morte depuis des années.

— Non, je n'essaie pas de me défiler !

Liz s'écarta de la porte. Comment sa mère pouvait-elle parler à sa grand-mère ?

— Bien sûr que j'aime Liz, maman ! explosa Nancy Parker.

Liz sentit qu'elle tremblait.

Du calme ! *Il doit y avoir une explication logique*.

— Je vais te dire ce que je fais pour elle ! cracha Nancy Parker. Je lui laisse assez d'espace pour qu'elle réussisse à voir clair en elle. Un effort que tu n'as jamais fait pour moi, maman. Je respecte le besoin d'intimité de Liz.

Il y eut un bruit de casseroles.

— Non ! rugit Nancy Parker. Tu n'as pas le droit de dire ça, maman ! Tu n'as…

N'y tenant plus, Liz poussa la porte et entra. Sa mère était debout près des plaques de cuisson. Elle regarda Liz et cligna des yeux.

Elle était seule.

— Salut, Liz, dit Nancy Parker.

Elle baissa les yeux sur la casserole et la poêle qu'elle tenait et eut un regard surpris.

D'autres ustensiles étaient posés sur le plan de travail. Apparemment, Liz avait pris la conversation en route.

— Salut, maman…

Liz aurait voulu dire autre chose, mais elle se ravisa. *« Tu n'aurais pas perdu la boule, par hasard ? »* n'était pas le genre de chose qu'une fille lançait à sa mère. *« Je passais pour te ramener sur Terre »* n'était pas mieux.

Nancy Parker jeta un coup d'œil à la pendule et posa ses deux ustensiles de cuisine.

— Tu es en retard.

— Je descends tout de suite, répondit Liz.

Il faisait étrangement froid dans la pièce, mais elle se dit qu'une fenêtre avait dû rester ouverte. On avait toujours chaud à Roswell en plein midi. Mais parfois, la fraîcheur de la nuit persistait longtemps...

— As-tu besoin de quelque chose ?

— Non. Je t'ai entendue parler, alors...

— Je ne parlais pas, voyons.

Liz regarda fixement sa mère.

— J'ai peut-être laissé la radio allumée...

Nancy Parker sourit.

— Ou devrions-nous faire vérifier ton ouïe ?

Mon ouïe est parfaite !

— Tu as besoin de quelque chose, maman ? Avant que je descende, je veux dire ?

— Non, merci.

— Où est papa ?

— Je ne voudrais pas t'embêter, mais tu es en retard. Maria et Michael comptent sur toi.

— Je sais. Je suis déjà partie !

Liz approcha de la porte, puis se retourna vers sa mère. Elle regardait les casseroles, l'air confus.

— Maman ?

— Quoi ?

— Tu me le dirais, si quelque chose n'allait pas ?

— Bien sûr. Tout comme tu viens me parler de tes problèmes...

Liz croisa le regard de sa mère, se sentant terriblement coupable. Voilà un an et demi qu'elle ne lui confiait presque plus rien.

— Bon, dit-elle en poussant la porte. Je voulais que tu saches que je suis là, en cas de besoin.

— Je sais.

Sur ces mots, Nancy entreprit de ranger la vaisselle.

Mal à l'aise, Liz sortit.

L'une de nous perd la boule…

Alors qu'elle se retournait, elle vit un reflet argenté, dans la cuisine.

Elle passa la tête par la porte entrebâillée. Rien. Pourtant, elle était certaine d'avoir vu quelque chose.

— Liz !

— Je m'en vais…

A nouveau, le froid la surprit. Elle s'aperçut alors que les fenêtres étaient fermées.

Bizarre…

Elle sortit sans un mot, sachant que sa mère allait se fâcher. Mais cet événement ne cessa de hanter la partie de son cerveau où elle stockait les choses étranges dont elle avait été témoin depuis qu'elle connaissait Max Evans.

Le guerrier à cheval fonçait sur Chien de Rivière. La lame de sa lance refléta les rayons du soleil au moment où il déboulait du nuage de poussière.

— Chien de Rivière ! cria Max, craignant d'arriver trop tard.

Le chamane tourna la tête vers lui. Mais il resta sur la trajectoire de l'animal dont les sabots martelaient le sol.

Le guerrier poussa un cri sauvage et propulsa sa lance.

Max plongea et renversa le chamane mesaliko. La lance s'enfonça dans la terre à quelques centimètres d'eux. Le guerrier continua, entraîné par son élan. Les sabots du cheval passèrent à un pouce de la tête du jeune homme.

— Que faites-vous ? demanda Chien de Rivière.

Max se releva et essaya d'aider le vieil homme à se remettre debout.

— Je vous sauve la vie !

— C'est inutile…

Le guerrier tira sur la bride et fit faire demi-tour à sa monture. Son regard furieux se posa sur le chamane.

Max jeta un coup d'œil à la lance plantée dans la terre.

— Il aurait pu vous tuer.

— Non, il ne le peut pas, répondit Chien de Rivière.

Max regarda autour de lui, cherchant un abri où se réfugier en attendant que de l'aide arrive. Les Mesalikos avaient dû entendre les cris.

Le guerrier tendit un doigt accusateur.

— Tu as trahi ton peuple !

Max regarda Chien de Rivière.

— Vous le connaissez ?

— C'est Tueur d'Ours, répondit le chamane. Un de mes ancêtres. Il est mort il y a deux cents ans.

Incrédule, Max dévisagea le guerrier. Il ne semblait pas avoir plus de vingt ans.

— Tu as amené les Visiteurs parmi nous ! A cause de toi, notre tribu mourra après des années de souffrances !

— Non ! répondit Chien de Rivière, d'une voix qui résonna dans les collines.

— Tu aurais dû tuer le premier Visiteur !

Max supposa qu'il parlait de Nasedo. Des années plus tôt, Chien de Rivière l'avait trouvé après que le vaisseau se fut écrasé près de Roswell. Il l'avait soigné et gardé secrètes ses origines extraterrestres. Ce qui lui avait valu de devenir le dépositaire des pierres de guérison.

L'Indien tira un long couteau de sa ceinture. Puis il talonna sa monture en poussant un cri de guerre.

Max saisit Chien de Rivière par le bras et le tira en arrière.

— Non ! dit le chamane en résistant aux efforts du jeune homme.

— Il vous tuera.

— Non… Il se passe des choses ici que vous ne pouvez pas comprendre.

Max souscrivit volontiers à cette opinion. Il ne comprenait déjà rien à ce qui se passait dans sa vie !

— Lâchez-moi et reculez ! ordonna Chien de Rivière.

Le jeune homme hésita.

— Allez.

Sachant qu'il ne réussirait pas à tirer le chamane à l'abri s'il résistait, Max obéit. Il sentit la panique le submerger alors que le guerrier et sa monture arrivaient au galop.

Chien de Rivière ne céda pas un pouce de terrain. Quand le guerrier fut tout près, il écarta les bras. Dans un poing, il tenait un collier de turquoises ; dans l'autre, des plumes d'aigle peintes en rouge et blanc.

Il entonna un chant dont le rythme se mêla à celui des sabots du cheval.

Fasciné, Max vit le cheval et le guerrier disparaître dans le corps du chamane. Le nuage de poussière soulevé par la course de l'animal enveloppa le vieil homme. Soudain, il y eut une explosion suffisamment forte pour que les cheveux se dressent sur la tête du jeune homme. Chien de Rivière fut projeté en arrière comme s'il avait été percuté par un bus.

Le chamane regardait le ciel bleu sans le voir. Il ne bougeait plus. Le sable, autour de lui, était parfaitement lisse, sans doute à cause de la puissance de l'explosion.

Redoutant le pire, Max chercha le pouls du vieil homme. Chien de Rivière n'avait aucune blessure. Pas même une égratignure.

Mais son cœur avait cessé de battre.

CHAPITRE IV

Le choc a dû arrêter son cœur, pensa Max.

Sachant que le temps jouait contre lui, il posa une main sur la poitrine du chamane et chercha la connexion qui lui permettrait de s'unir à Chien de Rivière. Il fit glisser sa paume à l'endroit où devait se trouver le cœur du vieil homme.

Sentant l'énergie s'accumuler en lui, Max la libéra. Au début, il crut que ses efforts avaient été vains… Puis, comme un vieux moteur par un matin glacial, le cœur du vieil homme recommença à battre. Max le sentit vibrer, hésitant, contre sa paume.

Allez ! pensa-t-il. *Respirez !*

Chien de Rivière ouvrit la bouche et prit une inspiration saccadée. Levant un bras, il saisit Max par le poignet.

— Assez, haleta-t-il.

Max le laissa repousser sa main.

Le chamane regarda autour de lui.

— Le cavalier ?

— Il est parti, répondit le jeune homme. Allons-y.

Il se leva et tendit la main au vieillard.

Chien de Rivière s'assit, dédaignant son aide.

— Non.

Max sonda le paysage et écouta les échos du vent qui soufflait sur la terre désolée.

— Vous êtes certain que le guerrier ne reviendra pas ? demanda-t-il.

— Où que nous allions, Tueur d'Ours nous retrouvera.

Max regarda autour de lui. D'ici, il pouvait voir à des kilomètres dans toutes les directions. Comment le guerrier avait-il réussi à approcher sans qu'il le repère ?

— Il a vraiment deux cents ans ?

— Non… Il n'en a sûrement pas plus de vingt. Il est mort lors d'une bataille contre une autre tribu.

— Il y a deux cents ans ?

— Environ…

Le calme du chamane commençait à agacer Max.

— Comment peut-il être ici, alors ?

— Une ancienne prophétie… C'est pour ça que je vous ai demandé de venir.

— Quelle prophétie ?

— Celle-là : un jour les morts se relèveront et déterreront la hache de guerre pour punir les vivants !

Liz circulait entre les tables. Les clients se succédaient dans la salle du *Crashdown Café*. Son décor « venu d'ailleurs » en faisait une attraction touristique. Situé au centre-ville, il attirait en outre les hommes d'affaires et les travailleurs locaux.

— Mademoiselle ! appela un camionneur, une casquette des Atlanta Braves vissée sur le crâne. J'attends toujours mon thé glacé.

Liz regarda l'homme.

Souris, se dit-elle. *L'heure tourne. Ton service sera bientôt terminé. Si tu souris, le pourboire sera meilleur.*

— Tout de suite, monsieur, répondit-elle avec un sourire hypocrite.

Elle prit une bouteille de ketchup et la posa sur la table occupée par un petit groupe d'adolescents qui en avaient déjà consommé deux. Ils ne levèrent même pas les yeux.

Génial. Quand je ne réponds pas à une demande, on me voit. Mais si je l'anticipe, je deviens la Fille Invisible.

Liz soupira. Elle avait assez d'expérience pour ne pas prendre ça trop à cœur. Au passage, elle nota encore une commande – une famille de cinq personnes, avec des exigences particulières pour chaque plat.

Quand elle arriva derrière le comptoir, Maria était occupée à fourrer des paquets de sucre dans la poche de son tablier.

— Tu crois que ta mère est en train de devenir cinglée ? demanda-t-elle.

— Quel tact, fit Liz.

Maria jeta un coup d'œil à la salle pleine.

— Pas le temps d'avoir du tact ! (Elle prit un pot de décaféiné.) Alors, ou nous parlons de la situation, ou nous décidons de l'ignorer.

Sur ces mots, elle retourna dans la salle, où les clients rivalisèrent d'impolitesse pour attirer son attention.

Liz accrocha sa dernière commande à la roue. Ayant revêtu un tablier par-dessus son jean et son T-shirt, Michael maniait sa spatule avec une grande dextérité. Il retourna une demi-douzaine de steaks hachés, releva un panier de frites et coupa le minuteur, tout ça dans le même mouvement.

— Où en est ma commande ? demanda Liz.

Michael secoua le panier de frites.

— Tu sais, j'irais plus vite si je ne devais pas cuisiner.

— Pour ce que ça changerait au résultat !

Michael haussa les épaules et lança du fromage sur les steaks comme s'il distribuait des cartes.

— Liz !

— Oui, quoi ?

— Ta mère devient barge ?

Ravalant une réplique cinglante, la jeune fille prit la commande sur le passe-plat et la porta à la table idoine. Puis elle vit le camionneur lever de nouveau le bras et retourna chercher la cruche de thé glacé.

De retour dans la salle, elle installa trois habitués à la table que venait de nettoyer Ethan, l'extra que son père avait embauché pour l'été. Elle prit leur commande, leur apporta les boissons et commença à débarrasser une autre table.

— Je vois bien que tu es énervée, dit Maria.

— Tu l'as dit à Michael !

— Oh. Ça…

Liz prit le dernier verre vide et emporta le bac.

— Tu sais, nous parlons plus facilement des problèmes des autres que des nôtres…

— Contente de savoir que je vous suis utile !

— Allez, Liz ! Tu meurs d'envie de t'épancher. Je le sais. Ça te ronge à l'intérieur.

Pour tout dire, c'était pire que ça. D'habitude, Nancy Parker venait voir si tout se passait bien, à l'heure du déjeuner. Mais pas aujourd'hui. Et Liz ne pouvait s'empêcher de se demander si sa mère était là-haut, en train de parler toute seule. A cette idée, elle se sentit troublée et irritée.

— Te raconter ça était une erreur, fit-elle, avant de tourner les talons.

Après tout, Maria était toujours amie avec les « visiteurs » de Roswell. Elle avait beau se plaindre constamment de Michael, elle faisait toujours partie de leur bande. Contrairement à Liz !

— Me raconter un truc n'est *jamais* une erreur, dit Maria. Le comportement de ta mère a certainement une cause logique.

— Ah, oui ? Laquelle ?

— Je ne sais pas encore…

Liz se campa devant le passe-plat. Maria l'imita.

— Mais nous découvrirons…

Michael, qui les avait entendues, se retourna.

— … Ce qui ne va pas chez la mère de Liz ? acheva-t-il

Maria fronça les sourcils et secoua la tête.

— J'aurais vraiment mieux fait de me taire.

Michael regarda Liz, puis Maria.

— Tu ne m'as presque rien raconté, dit-il. (Aucune des filles ne répondit.) C'est mieux, vu comme ça ?

— Non ! lancèrent Liz et Maria en chœur.

— J'ai le droit de savoir, pour ta mère ! insista Michael.

— Ah, oui ? Pourquoi ça ? demanda Liz.

— Je travaille ici ! (Michael agita sa spatule.) Et j'ai besoin de ce boulot. Sans lui, plus d'appartement, et bonjour la rue ! (Il secoua la tête.) Et je refuse de dormir dans un carton. Toi, tu n'aurais pas de souci à te faire, même si ta mère finissait à l'asile et que le *Crashdown* fermait.

Liz ne put pas croire qu'il était aussi insensible. Après tout ce qu'ils avaient traversé ensemble, et tout ce qu'elle l'avait vu faire...

— Ecoute, continua-t-il. Je ne te laisserai pas tomber. Si tu as besoin d'aide – une piaule où dormir, ou quelqu'un pour maîtriser ta mère en attendant les types de l'asile – je serai là.

— C'est si gentil de ta part !

Michael secoua la tête, visiblement écœuré.

— Tu sais, il n'y a pas beaucoup de mecs qui te proposeraient de maîtriser ta mère sans la blesser.

Le pire, c'était qu'il avait raison !

Maria et elle emportèrent leur commande.

Après avoir rempli une armée de verres et apporté des condiments aux tables où il en manquait, Liz et Maria se retrouvèrent une fois encore devant le passe-plat.

— J'ai peut-être trouvé une raison, dit Maria.

— Laquelle ?

— Que sais-tu du *Crashdown Café* ?

— Tout ce qu'il y a à savoir, répondit Liz.

— Ça a toujours été un restaurant ?

— Peut-être... Quelle différence ça fait ?

— Si quelqu'un était mort ici ? avança Maria. Le restaurant est peut-être hanté.

— Hanté ? Tu crois que ma mère parlait à un fantôme ?

— C'est mieux que penser qu'elle est devenue dingue, non ?

— Je n'ai jamais cru ça, objecta Liz, un peu coupable parce que c'était exactement ce qui lui avait traversé l'esprit. Mais je ne sais pas s'il est préférable de croire qu'elle bavarde avec un fantôme.

Maria haussa les épaules.

— Ça dépend si on croit aux fantômes.

— Moi, je ne crois pas aux fantômes ! D'ailleurs ma mère ne parlait pas à un ancien occupant de la maison, mais à ma grand-mère.

— Peut-être qu'un fantôme en attire un autre, insista Maria. Le poltergeist du *Crashdown* aurait pu faire venir ta grand-mère.

— Nous vivons ici depuis des années, rappela Liz. Ne crois-tu pas qu'il se serait déjà manifesté ?

— Je n'ai pas réponse à tout. Et j'ai encore besoin de réfléchir à tout ça.

— Les fantômes, ça n'existe pas.

— Faux ! fit Michael en posant deux assiettes sur le passe-plat. J'en ai vu un.

— *Quoi ?* s'exclama Maria. Tu as vu un fantôme et tu ne m'en as rien dit ?

Michael la regarda.

— J'ignorais que nous devions partager ce genre de trucs. Et tu ne voulais rien savoir de ce que j'ai fait, la semaine dernière. Tu m'en voulais d'avoir été absent trois jours.

— Les relevés géologiques, souffla Liz, qui avait dû le remplacer à la cuisine à une ou deux occasions.

— Oui.

— Tu as travaillé avec Tiller Osborne, dit Maria.

Michael hocha la tête.

— Il paraît qu'il a vu le fantôme de son père.

— C'est vrai…

— Ce fantôme, tu l'as vu aussi ? demanda Liz.

— Oui. (Michael se tourna vers le gril pour préparer les plats suivants.) Voilà vos commandes, mesdemoiselles !

— Attends ! s'écria Maria. Tu ne peux pas raconter que tu as vu un fantôme et en rester là.

— Il n'y a rien à ajouter. Le fantôme a disparu très vite.

— Et c'était celui du père de Tiller ? demanda Liz.

— Je pense, oui. Tiller semblait le croire aussi. L'expérience l'a plutôt secoué. On a dû le ramener en ville le lendemain.

— L'a-t-il revu depuis ?

Ce que Michael racontait était invraisemblable. Mais avec ce qu'elle avait vu depuis un an et demi, une histoire de fantôme ne lui semblait plus si étrange.

— Je ne sais pas, dit Michael. On n'est pas copains.

— Tu devrais peut-être lui demander comment il va ? avança Maria.

— Non. Je suis un type avec qui il a travaillé une journée. Selon moi, il n'a pas envie que je lui rappelle qu'il s'est ridiculisé.

— Sait-il que tu as vu le fantôme de son père ?

Michael posa des pains à hamburger sur le gril.

— Non.

— Pourquoi ?

— Il ne m'a pas posé la question…

— Tu ne lui as pas dit ?

— Non.

— Pourquoi ?

Michael ajouta des frites sur les assiettes et les déposa sur le passe-plat.

— Personne d'autre ne l'a vu. Si j'avais dit la vérité à Tiller, ça l'aurait fait gamberger. Ce qui aurait pu l'amener à se dire que je suis un type très spécial. (Il regarda Maria.) Je préférerais qu'il ne se fasse jamais ce genre de réflexion…

Liz se sentit prise de vertiges face à tout ça. S'il fallait choisir entre deux maux – maman parlant toute seule ou maman dialoguant avec un fantôme – elle ignorait lequel était le pire.

— Que voulait le spectre ? demanda-t-elle.

— Je l'ignore, répondit Michael. Il n'a pas dit un mot. Il s'est jeté sur Tiller et a appelé la foudre sur Bulmer, son fils et moi.

— Tu as été frappé par la foudre ? s'étrangla Maria.

Michael s'avisa qu'il avait oublié de mentionner qu'il avait failli griller.

— Ça n'était rien du tout, dit-il. La foudre nous a juste renversés comme des quilles. (Il poussa les assiettes vers Maria.) Emporte-les avant qu'il y ait une émeute !

La jeune fille soupira, dégoûtée.

— Ne crois pas que nous en ayons fini !

— Loin de moi cette pensée…

Liz attendit que son amie se soit éloignée.

— Tu avais déjà vu un fantôme ? demanda-t-elle.

— Non, répondit Michael.

— Un nouveau pouvoir ?

Depuis qu'elle connaissait Max, Michael et Isabel, leurs aptitudes s'étaient considérablement développées.

Michael haussa les épaules et entreprit de nettoyer le gril.

— Possible. Ou c'est peut-être arrivé parce que nous nous racontions des histoires de fantômes. Qui sait si ça n'était pas un tour de mon imagination ?

Liz repartit dans la salle, plusieurs assiettes en équilibre sur un plateau. Elle apporta sa commande à la famille de cinq personnes. Puis elle alla chercher du café et du thé.

Maria la rejoignit un instant plus tard, derrière le comptoir.

— Tu te rends compte ? Michael a vu un fantôme et il ne m'en a rien dit !

— A mon avis, il n'est pas *certain* d'avoir vu un fantôme.

— Et la foudre ?

— Une coïncidence.

— Autour d'un de ces trois-là ? Je suis sûre que tu ne crois pas ce que tu dis !

— Le fantôme était le père de Tiller, lui rappela Liz. Pas une personne que Michael a connue.

— Quand nous aurons terminé notre service…, commença Maria. (Puis elle jeta un coup d'œil vers la salle.) D'accord, si notre service se termine un jour, nous enquêterons auprès des commerçants qui étaient là avant que tes parents ouvrent le restaurant. Ils pourront peut-être nous apprendre quelque chose. Il s'est sans doute passé un truc pas net dans cette maison.

— Comme quoi ?

— Un meurtre. Tu crois que j'ai trop d'imagination ?

— Oui, admit Liz.

— Alors, tu préfères continuer à penser que ta mère perd la tête ?

— D'accord ! Nous irons enquêter dans la rue, mais je pense qu'il doit exister une raison plus logique à...

Des coups de klaxons tonitruants l'interrompirent.

Tournant la tête, Liz vit un homme se jeter quasiment sous les roues des voitures.

Elle le reconnut aussitôt.

Leroy Wilkins ne venait jamais manger au *Crashdown*, mais il s'y arrêtait parfois pour boire un café et échanger des potins. Mince et noueux, presque émacié, il avait été, disait-on, prospecteur dans les années soixante et soixante-dix. Ses cheveux longs et sa barbe étaient hirsutes. Il portait un jean passé et rapiécé et une chemise qui avait sans doute vu des centaines de lavages. Son chapeau de cowboy avait dû être noir, mais le sable du désert l'avait patiné et s'y était incrusté.

Les coups de klaxons continuèrent alors qu'il traversait frénétiquement la chaussée. Un pick-up ne réussit pas à freiner à temps, et le heurta. Wilkins s'écroula devant.

Puis il se releva et courut vers le restaurant. Liz entendit sa respiration sifflante à travers la porte vitrée. Instinctivement, elle regarda derrière lui. Personne ne courait comme ça sans raison – mais pour échapper à quelqu'un... ou à quelque *chose*.

CHAPITRE V

Angoissée, Liz regarda Leroy Wilkins griffer la porte du *Crashdown* comme un animal. Ses mains arthritiques ne semblaient pas pouvoir saisir la poignée. Enfin, il réussit à ouvrir. Une fois à l'intérieur, il se retourna.

— Non ! glapit-il d'une voix rauque, une main levée pour se protéger.

Liz regarda dans la rue. A part la pagaille, sur la chaussée, elle ne vit rien d'anormal.

— Arrêtez-le ! cria Wilkins. (Il leva les deux mains et recula encore.) Arrêtez-le ! Aidez-moi !

Plusieurs clients se levèrent et abandonnèrent leur repas, fuyant le vieux prospecteur.

— Tu vois quelqu'un ? demanda Maria à Liz.

Qui secoua la tête.

Wilkins courut vers Liz. Avant qu'elle ait pu faire un mouvement, il la prit par les épaules et la regarda dans les yeux.

— Faites-le partir ! supplia-t-il.

— Qui ? demanda Liz.

Les doigts qu'il lui enfonçait dans la chair lui faisaient mal. Elle se débattit pour lui échapper. En vain.

— Swanson ! cria Wilkins. Il est venu me prendre !

Liz ne savait pas qui était Swanson, et elle ne voyait personne derrière le vieux prospecteur. Mais elle sentait ses tremblements.

— Je ne vois rien, dit-elle.

Wilkins la fit pivoter pour qu'elle soit entre lui et la

porte, comme un bouclier. Il regarda dans la rue, puis referma ses doigts sur ses épaules, assez fort pour lui arracher un cri.

— Vous *mentez ! Il est là* ! Je le vois ! Il me suit depuis des jours !

Du coin de l'œil, Liz vit Michael sortir de la cuisine. Le jeune homme retira son tablier, le roula en boule, le jeta sur le sol et s'avança vers Wilkins.

— Swanson ! cria le vieil homme d'une voix cassée. Tu ne m'auras pas ! On a fait des affaires ensemble, mais tout ça, c'est fini ! Tu es mort !

Mort ? pensa Liz. *Wilkins parle à un fantôme ?*

Michael tendit le bras. Le vieux prospecteur ne l'avait pas vu arriver. Mais avant que la main du jeune homme n'ait pu s'abattre sur son épaule, un nuage de débris – des emballages, des gobelets, des journaux et d'autres rebuts non-identifiables – se souleva sur le trottoir.

Liz ne trouva rien d'étrange à cette minitornade. Les tourbillons de poussière étaient fréquents dans le désert. Mais elle n'en avait jamais vu un comme celui qui se forma devant le *Crashdown Café*. En quelques secondes, il fut assez gros pour couvrir la porte vitrée et la majorité des fenêtres donnant sur la rue.

Liz jeta un coup d'œil à Michael, se demandant pourquoi il ne faisait rien pour que Wilkins la lâche. Mais il fixait quelque chose, devant le restaurant, et il semblait pétrifié.

Il n'y avait aucun doute : Michael voyait quelque chose. Elle essaya de savoir quoi.

Elle ne distingua qu'un tourbillon de déchets. Quelques-uns heurtaient les fenêtres et la porte avec un fracas digne de la bande-son d'un film d'horreur au rabais. Dans la rue, une lueur argentée zigzaguait entre les voitures. Mais elle s'éteignit très vite.

Puis le tourbillon percuta la devanture du restaurant.

Les vitres se brisèrent sous l'assaut.

— Non ! brailla Wilkins.

Il trébucha et serait tombé si la jeune fille n'avait pas conservé son équilibre.

Michael avança et saisit le bras du vieil homme, arrachant sa main de l'épaule de Liz.

— Nooon ! hurla Wilkins, les bras levés pour se protéger le visage.

Le vent l'enveloppa et lui arracha son chapeau.

— Non, Swanson, non ! Ne...

Sa voix fut couverte par le tonnerre.

Une seconde plus tard, un éclair blanc jaillit dans la salle. Liz sentit la chaleur de la foudre – si c'était bien ça – contre son visage et un de ses bras, et vit que Michael lui faisait un bouclier de son corps. Un coup de tonnerre retentit dans le restaurant.

A demi aveuglée, Liz vit quand même les habitués et les touristes se réfugier au fond du *Crashdown*.

— Ça va ? demanda Michael.

— Oui, répondit-elle. Je crois.

Liz avait mal aux oreilles et derrière les yeux. Elle s'arracha à l'étreinte protectrice de Michael.

Leroy Wilkins gisait sur le sol. Son visage était violacé, et la vilaine couleur s'étendait à ses membres.

Michael s'écarta de Liz pour s'agenouiller près du vieux prospecteur. Il le saisit par le poignet pour lui prendre le pouls.

Wilkins tendit le bras et prit le jeune homme par son T-shirt. Surpris, Michael recula et se dégagea.

Le vieil homme ouvrit et referma la bouche plusieurs fois, comme un poisson hors de l'eau. Puis il se mit à trembler de tous ses membres.

— Que lui arrive-t-il ? demanda Liz, debout près de Michael.

— C'est entré dans lui, répondit-il.

— Qu'est-ce qui est entré dans lui ?

Michael ne répondit pas.

— Tu l'as vu ?

Il hésita, mais finit par acquiescer.

Liz s'attendit à voir un monstre jaillir de Wilkins.

Elle recula.

— Appelez une ambulance ! cria un homme. Vous ne voyez pas qu'il fait un infarctus ?

— Si je ne savais pas que nous nous cachons de tes parents, je penserais que tu as honte d'être vue avec moi.

Isabel Evans n'avait jamais rien dissimulé à ses parents. Sauf les pouvoirs qui allaient de pair avec ses origines extraterrestres. Aujourd'hui, elle leur cachait le plus grand secret de sa vie. Même Max n'était pas au courant. Ça lui faisait un drôle d'effet, parce qu'elle n'avait jamais rien pu lui dissimuler – et lui non plus. Mais depuis que Tess était partie avec le bébé qu'elle attendait, Max avait son compte de problèmes personnels.

Elle regarda Jesse Ramirez, assis en face d'elle à la table de pique-nique.

— J'ai presque honte…

Jesse était grand, brun et terriblement séduisant. Il portait un pantalon de costume et une chemise. La cravate était restée dans sa voiture.

— Ce pique-nique était une excellente idée.

— Je suis ravie que tu penses ça. Mais… ?

— Pourquoi penses-tu qu'il y a un « mais » ? Serais-tu de nature soupçonneuse ?

— Non, plutôt rationnelle et équilibrée, répondit Isabel.

Jesse s'essuya la bouche.

— Il n'y a pas de « mais »…

— Permets-moi d'être d'un autre avis. J'ai cru sentir une absence éloquente.

— Une *absence ?*

— Oh, oui !

— Et quelle serait, d'après toi, cette *absence ?* demanda Jesse en détachant un grain de raisin de la grappe que la jeune fille avait apportée.

— Un enchaînement logique…

Il réfléchit à l'accusation en mâchant le grain de raisin.

— Entre ta « honte » et mon opinion sur le pique-nique ?

— Plutôt entre ta tentative de culpabilisation et ta façon peu subtile de changer de sujet…

— Pique-niquer était une idée géniale ! Ne me fais pas dire ce que je n'ai pas dit. Et la nourriture est délicieuse. J'ignorais que tu savais cuisiner.

— Des sandwiches, de la salade de pommes de terre, des macaronis au fromage et des fruits… Pas exactement ce que j'appelle un repas équilibré.

Ça l'ennuyait beaucoup, mais elle n'avait pas eu le temps de faire mieux. Emballer de la nourriture pour une personne dans un sac en papier ne risquait pas d'attirer l'attention de sa famille, mais préparer un panier de pique-nique pour deux…

— Je sais, mais tu prévois les repas pour nos rendez-vous secrets, alors j'ai l'impression de ne pas remplir ma mission.

— Quelle mission ?

— Celle de t'emmener dîner au restaurant.

Isabel caressa la rose en plastique rouge posée dans un verre, entre eux. Sa couleur jurait avec la nappe à carreaux qu'elle avait apportée, mais ça n'avait pas vraiment d'importance.

— Tu m'as offert une fleur.

— Oui. Mais puisqu'elle est en plastique, et qu'il fait jour, ça n'a pas l'effet espéré…

— Cette rose a eu un grand effet sur moi, assura Isabel.

Un instant, elle n'en crut pas ses oreilles d'avoir dit ça ! Voilà qui ne ressemblait pas à l'Isabel Evans qu'elle avait cru être, avant d'apprendre toute la vérité sur ses origines.

Avant de perdre Alex, aussi, Tess tuant le jeune homme qui aurait pu devenir son premier véritable amour.

— Etre ici avec toi, c'est génial ! s'exclama Jesse.

— Tu te raccroches aux branches…

— Mais je préférerais sortir avec toi au vu et au su de tout le monde.

— Nous ne pouvons pas faire ça, répondit Isabel, un nœud glacé dans l'estomac.

Ses parents avaient subi beaucoup de bouleversements, ces derniers temps. Un de plus – et en particulier celui-là – risquait de les achever.

— Je sais, soupira Jesse. Mais ça me frustre.

— Pourquoi ?

Il prit un autre grain de raisin et le fit rouler entre le pouce et l'index de sa main droite.

— Parce que je crains que nous soyons coincés.

— Que veux-tu dire ?

Un instant, elle crut qu'il n'en révélerait pas plus. Il soupira et répondit :

— Toi et moi. Coincés. Comme dans : ne pas pouvoir aller plus loin.

Isabel s'adossa au banc. Pour être honnête, l'aire de repos, sur la 285 entre Roswell et Santa Fe, n'avait rien de romantique. Ayant grandi dans la région, elle devait admettre que le décor n'était pas vraiment pittoresque.

— Qu'essaies-tu de me dire ?

Son cœur battait la chamade. Jesse avait presque dix ans de plus qu'elle. Si elle avait parlé de lui à ses amies, elles auraient été scandalisées – même si presque toutes avaient déjà craqué pour un de leurs jeunes enseignants.

Se sachant différente, Isabel s'était arrangée pour éviter les flirts. Puis Max était tombé amoureux de Liz, Michael s'était entiché de Maria… et Alex avait été là quand ses amis s'étaient détournés d'elle les uns après les autres.

Ce souvenir lui fit monter des larmes aux yeux. Elle posa son sandwich et lutta pour contrôler ses émotions. Elle détourna le regard, essayant de trouver un moyen de penser à autre chose. Une lueur argentée, dans le lointain, attira son attention, puis disparut.

— Je suis désolé, dit Jesse.

Isabel, repassée dans ce que Michael appelait son mode « Princesse de Glace », le regarda froidement.

— Tu n'as pas à l'être…

— Je t'ai blessée.

— C'est ma faute ! Si je n'avais pas montré mes sentiments, ça n'aurait pas été le cas.

Elle prit le sac en papier prévu pour mettre les détritus et commença à débarrasser.

— Isabel, dit Jesse.

— Quoi ?

— Parle-moi.

— C'est ce que je fais.

— J'ai dit que j'étais désolé.

— Et je t'ai répondu que tu n'avais pas à l'être.

— Cette… *situation* n'est facile pour personne.

— Je sais.

Isabel mit les couverts dans une boîte. Ils devaient éviter les restaurants, mais elle refusait d'utiliser de la vaisselle en plastique. Elle avait acheté des couverts, en secret, qu'elle gardait dans sa chambre.

Isabel regarda Jesse, soudain silencieux.

— Que veux-tu ?

— Que les gens sachent que nous sommes ensemble.

— Jesse, *nous* ne sommes pas encore vraiment sûrs d'être ensemble.

— J'ai passé l'âge des amourettes d'été !

Un instant, Isabel fut furieuse. Mais elle étouffa sa colère. Jesse essayait d'être honnête, de lui dire ce qu'il avait sur le cœur…

— Je n'ai jamais été intéressée par les amourettes d'été, répondit-elle. Je n'en ai jamais eu et je n'en aurai jamais.

— Alors, où est le problème ?

— Ça, cher maître, c'est ce qu'on appelle une question pertinente.

— Tu as un sens de l'humour douteux, grommela Jesse.

Au-dessus de leur tête, trois aigles planaient, chacun délimitant son territoire de chasse.

— Au moins, j'en ai un !

Jesse fit mine de répondre, mais il se ravisa.

— Une sage décision, maître…, dit Isabel.

Le jeune avocat la dévisagea avec une intensité presque effrayante.

— C'est terrible. Je n'avais jamais été si profondément…

— A t'entendre, on croirait que tu vas te noyer.

— Non. Mais je ne m'attendais pas à rencontrer quelqu'un comme toi. Pas avant longtemps. Peut-être même jamais. Quand je faisais mon droit, travailler pour avoir des bonnes notes et pour payer mes études me prenait tout mon temps. Je m'étais replié sur moi-même, empêchant quiconque d'approcher.

— Parce qu'il y avait des candidates ?

— Joker !

— Bien. Je n'ai pas envie de savoir… (Elle marqua une pause pour inspirer profondément.) Moi non plus, je n'avais jamais ressenti ça pour personne. Et ça a pris une telle importance, en si peu de temps… Noël est la période de l'année que je préfère, et je la planifie au détail près. Je planifie tout !

— Et je ne faisais pas partie de tes plans ?

— Non.

— Et de tes plans d'avenir ?

— J'en suis encore à ceux de Noël.

— En juin ?

— Noël, c'est sérieux ! Je fais tout ce que je peux pour que tout soit parfait. Depuis des années, à cette période, je travaille bénévolement pour la ville.

— Mais tu n'as aucun plan pour nous ?

— Ces plans-là se font à deux. Pour le moment, j'essaie d'éviter que mes parents découvrent la vérité. Nous pourrions nous faire prendre.

— Comment réagirait ton père, s'il savait ?

— Je travaille dans son cabinet et je rencontre en secret son plus jeune employé. Il te virerait sur-le-champ et il me consignerait dans ma chambre pendant dix ans !

— A cause de notre différence d'âge ?

— Parce que je ne lui ai rien dit. (*Quitter cette planète*

aurait été infiniment plus facile...) Et que je sabote les performances d'un nouveau crac du barreau.

— Je n'ai jamais été en retard au tribunal. (Jesse regarda sa montre.) En parlant de ça, j'ai une déposition dans peu de temps.

Isabel permit à Jesse de l'aider à finir de débarrasser. Voyant qu'il fourrait tout en vrac dans le panier, elle le chargea de secouer la nappe et en profita pour ranger un peu.

Jesse la vit faire et leva un sourcil.

— Je ne savais pas que l'ordre comptait pour ces petites choses.

— L'ordre n'est pas une option, mais un style de vie !

— J'essaierai de m'en souvenir... Laisse-moi porter le panier.

— Il était plus lourd plein !

Isabel avait quitté le cabinet la première et tout installé avant l'arrivée du jeune homme.

Sans un mot, Jesse se pencha pour l'embrasser. Quand ses lèvres se posèrent sur les siennes, Isabel ressentit comme toujours une douce excitation. Ça n'était pas l'expérience presque surréaliste qu'avait partagée Max avec Liz, et elle ne voyait aucune image du passé de Jesse, mais ses baisers étaient tout simplement merveilleux.

Il s'écarta lentement.

— On se voit ce soir ?

Isabel leva les yeux vers lui. Comment aurait-il pu en être autrement ? Attendre l'heure du déjeuner, le lendemain, lui paraissait intolérable.

— Je ne sais pas, répondit-elle. Peut-être.

— Je t'aiderai à trouver une bonne excuse. Dès que j'en aurai une, je t'enverrai un mail.

Isabel allait répondre quand un crissement de pneus retentit. Elle leva les yeux et vit un van noir quitter la route et foncer sur eux.

CHAPITRE VI

— Mon peuple se transmet cette légende depuis des générations. Aucun chamane n'a jamais su à quoi elle faisait référence. Mais après le crash du vaisseau, l'Ancien qui m'a formé a pensé que les Visiteurs pouvaient faire revenir nos ancêtres du pays des esprits.

Max marchait à côté de Chien de Rivière.

Les deux hommes se dirigeaient vers le village mesaliko.

— Les Mesalikos ont-ils déjà vu… les fantômes de leurs ancêtres ?

Chien de Rivière lui avait appris que plusieurs Mesalikos avaient eu la visite d'un de leurs ancêtres, les jours précédents. Jusque-là, il s'agissait d'ombres furtives. Aucun spectre ne s'était manifesté physiquement, comme celui du chamane.

— Oui, il y a bien longtemps de ça.

— Qu'ont-ils fait pour s'en débarrasser ?

— Rien… Ils se sont réfugiés dans les collines. Le gibier se faisant rare, ils ont envoyé des éclaireurs. Une fois les fantômes partis, ils ont repris possession de leurs terres.

— Pourquoi les fantômes sont-ils partis ?

— Personne n'en a jamais rien su. Un des chamanes s'en est attribué le mérite. Il avait prié et dansé pour obtenir la faveur des dieux…

— Combien de temps la tribu est-elle restée en exil ?

— Mon peuple ne mesure pas le temps comme vous. Nous ne comptons pas les années, et encore moins les semaines, les jours et les heures. Il y a *avant* et *après*. Mais beaucoup de temps à dû passer, parce que plusieurs éclaireurs ont été envoyés en reconnaissance avant que l'un d'eux revienne annoncer que les fantômes étaient partis.

— Mes amis et moi, sommes-nous responsables de ce qui arrive ? demanda Max.

— Non. Je ne crois pas que vous soyez mauvais, ni que vous nous vouliez du mal.

— Alors, pourquoi m'avez-vous fait venir ?

— Etre innocent ne veut pas dire que vous ne pouvez pas m'aider.

— Je n'ai jamais vécu une telle situation…

— Alors, nous apprendrons ensemble !

Chien de Rivière le conduisit vers une petite maison à la périphérie du village. Des herbes étranges poussaient à côté, soigneusement entretenues. Deux chaises occupaient le porche, où d'autres plantes médicinales s'épanouissaient dans des pots en céramique.

Max suivit le chamane à l'ombre du porche.

— Asseyez-vous, dit le vieil homme.

Max obéit. Il était près de l'épuisement. Son inquiétude pour son fils et sa relation avec Liz occupaient ses journées, le poursuivant jusque dans ses rêves. Il faisait constamment des cauchemars. Tess avait tué Alex. Et elle avait voulu attirer sur leur planète d'origine Isabel, Michael et lui pour qu'ils y soient emprisonnés.

Que ferait-elle à son fils ?

Chien de Rivière entra et la porte claqua derrière lui.

Max s'assit sur la chaise longue. Regardant autour de lui, il vit qu'on l'épiait des maisons voisines, si semblables à celle du chamane. Les Mesalikos se méfiaient de lui.

Chien de Rivière revint peu après avec deux verres d'un thé très noir.

— Il est fort et sucré, dit-il. C'est comme ça que je l'aime. Mais ne le buvez pas trop vite. Avec cette chaleur, il pourrait vous énerver ou vous faire perdre connaissance.

Max goûta une gorgée de thé, qu'il trouva trop sucré. Il regretta de n'avoir pas emporté une bouteille de Tabasco.

— Qu'est-ce qui vous fait croire que je peux vous aider ?

— J'ai eu une vision, annonça Chien de Rivière. Je vous ai vu.

— Dans la vision ?

— Oui, répondit le chamane en s'asseyant.

Un vieux chien sortit de sous le porche et vint se coucher à ses pieds. Le vieil homme retira ses chaussures et caressa le dos de l'animal du bout des orteils.

— Parlez-moi de la prophétie.

— Elle vient de la nuit des temps. Un jour, quand mon peuple s'est installé ici, Corbeau a essayé de manger le soleil.

— Qui est Corbeau ?

— L'Illusionniste. Le seul à pouvoir voyager entre la terre et le pays des dieux. Dans d'autres tribus du Peuple, il est parfois connu sous le nom de Coyote. Il s'agit toujours d'un être surhumain, mais pas d'un dieu. Quant à ses agissements, c'est son affaire…

Max écouta poliment en essayant de se concentrer sur les gouttes de condensation qui s'était formées sur son verre de thé glacé.

— Ce jour-là, selon la légende de mon peuple, Corbeau était parmi les hommes et les regardait mourir de vieillesse. Corbeau, lui, ne changeait pas. Il ne comprenait pas pourquoi les hommes vieillissaient, ni pourquoi les dieux permettaient qu'il en soit ainsi.

Max hocha la tête, sans voir le rapport entre ce que disait Chien de Rivière et la situation présente.

— Corbeau réfléchit, continua le chamane. Puisque le soleil était nécessaire à la vie, décida-t-il, il devait détenir le secret de la vie éternelle. Il s'envola donc vers l'astre du jour.

Cette dernière partie retint l'attention de Max. Un voyage spatial ?

— Comment ?

— Corbeau, comme Coyote, a des pouvoirs magiques, répondit Chien de Rivière. Il les utilisa pour voler jusqu'au soleil. Une fois arrivé, il prit des flammes dans son bec et repartit. Mais elles étaient trop vives, même pour lui. Alors qu'il redescendait vers le monde, son bec commença à brûler – et c'est ainsi qu'il devint noir. Incapable de supporter la douleur, il cracha les flammes. La boule de feu atterrit à l'endroit où s'étend la réserve mesaliko et transforma la prairie en désert.

Max sirotait son thé, résolu à écouter jusqu'au bout.

— Les Anciens disent que quand Corbeau cracha le feu du soleil, il créa les zones désertiques. Les Mesalikos qui l'aidèrent périrent brûlés vifs. Des jours plus tard, leurs esprits se relevèrent et vinrent parler à la tribu.

— Pourquoi ?

— Parce que le soleil était furieux contre Corbeau. Il le punit en lui prenant ses plumes. Très fâché, Corbeau blâma tout le monde de son infortune, sauf lui-même, ce qui correspond bien à son caractère. Il resta longtemps caché dans les montagnes…

— Et les Mesalikos furent chassés par les esprits des guerriers morts qui avaient déterré la hache de guerre ?

— Les guerriers morts à cause de Corbeau furent les premiers à revenir. Au fil des jours, d'autres ancêtres réapparurent. Finalement, les vivants furent obligés de fuir.

Max retourna cette histoire dans sa tête. Il lui semblait important que les esprits des guerriers brûlés vifs aient été les premiers à revenir, mais il ignorait pourquoi.

— Et la prophétie ?

— Quand les Mesalikos reprirent possession de leurs terres, parce qu'ils le voulaient, et parce que le gouvernement américain y établit une réserve, les chamanes affirmèrent que les fantômes reviendraient. Les dieux n'oublient jamais rien. Le soleil se souvient que Corbeau a tenté de voler l'immortalité qui appartient aux divinités.

— Savez-vous où ont péri les guerriers mesalikos ?

— Quelque part dans ces collines…

Max se leva et son regard se perdit dans les crêtes qui entouraient le village.

— Les fantômes ont dû se relever pour une raison précise…

— Peut-être pour punir les Mesalikos d'avoir osé revenir. Selon mon prédécesseur, en soignant Nasedo, dont les blessures auraient été fatales à un homme normal, j'avais provoqué la colère des dieux. Grand Oiseau Rouge disait que la prophétie se réaliserait de nouveau parce que j'avais aidé le Visiteur, agissant aussi mal que Corbeau quand il voulut voler l'immortalité.

— Vous y croyez ?

— Je crois beaucoup de choses… Mais il y en a tant que j'ignore. Jusqu'à ce que Nasedo vienne à moi, je pensais que les habitants des autres planètes existaient uniquement dans l'imagination des scénaristes des films que mon père m'emmenait voir en cachette de mon grand-père. S'il n'avait pas fait ça, je n'aurais sans doute pas su aider Nasedo.

Au ton du chamane, Max comprit qu'il regrettait d'avoir secouru l'extraterrestre.

— Je figurais dans votre vision ?

— Vous et vos amis… D'une manière ou d'une autre, vous avez un rôle à jouer dans ce qui va se passer.

Max douta de la véracité de ces propos. Chien de Rivière prenait-il ses désirs pour des réalités ?

— Je ne veux rien avoir affaire avec ça.

— Vous n'aurez pas le choix ! Ce matin, quand vous êtes arrivé, il y avait des heures que j'observais mon ancêtre. Tueur d'Ours apparaissait et disparaissait, passant d'un monde à l'autre, sans pouvoir me toucher. Sa voix n'était qu'un murmure incompréhensible.

— Je n'ai rien fait du tout ! se défendit Max.

— Vous êtes arrivé. D'une manière ou d'une autre, votre présence a fait la différence.

Max leva ses mains et les regarda trembler. Serrant les poings, il les fourra dans les poches de sa veste.

— Ce n'était pas moi !

— Pas tout seul. Il a fallu autre chose pour rappeler les esprits des morts. Mais vous y avez contribué.

— Non !

Je refuse ! Dieu, fais que je ne sois pas impliqué là-dedans. Ma vie va déjà tellement de travers.

— Les fantômes seront de plus en plus forts, dit Chien de Rivière. La première fois, ils ont commencé par apparaître à leur famille, puis ils sont devenus violents. Ils pouvaient chevaucher les vents et faire tomber la foudre d'un ciel sans nuage. Leur contact pouvait blesser, mutiler et même tuer. Tueur d'Ours n'était pas parvenu à me toucher avant ce matin.

Max se tut. Non loin de là, quelqu'un alluma une radio. Une voix de femme lança quelque chose et la musique cessa. Ces bruits lui semblèrent plus naturels que tout ce qu'il avait entendu depuis qu'il était arrivé.

— Peut-être devriez-vous songer à partir…

— Pour aller où ? Ce sont nos terres. Nous y vivons depuis des siècles. Et mon peuple ne peut pas migrer sans l'autorisation du gouvernement. (Il marqua une pause, puis ajouta :) Vous ne voudriez pas voir les agences gouvernementales fourrer leurs nez là-dedans ?

— Exact…

Max avait assez vu d'agences du gouvernement, secrètes ou non. Aucune ne lui voulait du bien. En refusant d'utiliser le Granilith, ils avaient abandonné tout espoir de retourner un jour sur leur monde. Si leur secret était ébruité, le gouvernement les priverait de celui sur lequel ils avaient décidé de vivre.

Un bruit de pas retentit. Le chien couché aux pieds de Chien de Rivière releva la tête et aboya en voyant deux enfants contourner le vieux pick-up Ford garé devant la maison.

— Chien de Rivière ! appelèrent les jeunes garçons. Venez vite !

Le chamane posa son verre et se leva.

— Que se passe-t-il ?

— C'est grand-père ! répondit l'aîné des gamins.

— Votre grand-père ? répéta Chien de Rivière.

— Il est revenu ! Il crie, et il dit des choses horribles à maman.

Le chamane se tourna vers Max.

— Venez.

La dernière chose que Max voulait faire... Mais il sentait qu'il n'avait pas le choix. Si les événements étaient liés à sa présence sur Terre, il devait en avoir le cœur net.

Chien de Rivière descendit de son porche et prit les petits garçons par la main.

Max entendit une femme crier de terreur et de douleur. D'autres hommes et des femmes sortirent des maisons pour se joindre à ceux qui couraient vers la source du vacarme.

Un instant, Isabel pensa que le van qui fonçait sur eux était bourré d'agents du gouvernement. Leur secret avait de nouveau été découvert !

Puis elle vit la femme terrorisée, au volant.

La conductrice regardait par-dessus son épaule, terrifiée par ce qu'elle voyait.

Alors qu'Isabel secouait la torpeur qui s'était emparée d'elle, Jesse la poussa. Surprise, elle lâcha son panier de pique-nique.

Jesse l'écarta de la trajectoire du van, mais il trébucha. Isabel n'eut aucun mal à imaginer la suite. Elle se retourna et, feignant de perdre l'équilibre, l'attrapa par sa veste et l'entraîna dans sa chute.

Ils évitèrent le van de justesse et tombèrent assez violemment pour couper le souffle à Isabel.

Au souvenir du visage terrifié de la femme, elle s'empressa de se dégager de l'étreinte protectrice de Jesse.

La conductrice dut revenir à la raison, car le van changea de trajectoire. Mais c'était trop tard. Un crissement retentit quand il partit en tête-à-queue.

Les roues percutèrent un muret. Déséquilibré, le van se renversa sur le toit.

— Mon Dieu ! souffla Jesse.

Isabel se releva. La femme était peut-être encore en vie.

— Viens, Jesse ! Nous devons essayer de la sauver !

— Qui ?

— La conductrice.

Isabel voulut se précipiter vers le van.

— Tu as vu une femme au volant ?

— Oui ! (Isabel était obligée de crier pour couvrir le bruit du moteur. Une odeur d'huile brûlée et d'essence flottait dans l'air.) Elle semblait terrifiée. Elle hurlait.

Des « bips » électroniques attirèrent l'attention d'Isabel tandis qu'elle approchait du véhicule accidenté. Elle se tourna vers Jesse et constata qu'il avait sorti son téléphone.

— Que fais-tu ? demanda-t-elle.

— J'appelle une ambulance.

Isabel sentit la peur lui nouer les entrailles. En composant ce numéro, il ferait venir les secours, mais aussi la police. Et son nom apparaîtrait à côté de celui de Jesse dans un rapport. Or, son père, avocat à Roswell, épluchait les documents légaux. C'était tiré par les cheveux, mais il y avait une possibilité qu'il lise celui-là.

Si son père découvrait qu'elle avait déjeuné en compagnie de Jesse, que ferait-il ? Et Max ? Penser à son frère renforça le sentiment de culpabilité d'Isabel. Max en avait assez bavé. Savoir qu'elle avait peut-être trouvé le bonheur mettrait l'accent sur son infortune.

Isabel regarda autour d'elle, consciente qu'elle ne pouvait rien faire, sinon accepter l'inévitable.

CHAPITRE VII

Isabel se calma un peu. Le risque que son père voit le rapport de police était minime.

Jesse parla au standardiste, lui donnant le lieu et les détails de l'accident.

Se concentrant de nouveau sur le van, Isabel avança. Son imagination lui faisait redouter un véritable carnage.

Le pare-brise du véhicule avait cédé. Des éclats de verre Sécurit brillaient comme des diamants sur la chaussée et dans le sable de l'aire de pique-nique.

Avant qu'Isabel n'ait pu atteindre l'avant du van, Jesse la retint par un coude. Elle se tourna vers lui.

— Que fais-tu ?

— Je veux voir comment va la conductrice.

— Tu ne sens pas l'odeur d'essence ? Ce véhicule peut exploser d'un instant à l'autre.

— Si nous étions dans une série télé, peut-être…

— Je suis sérieux, Isabel. Recule, s'il te plaît. Je ne supporterai pas qu'il t'arrive malheur.

— Il faut que j'aille voir !

— C'est à moi de le faire.

— Parce que tu es invulnérable ?

Jesse voulut argumenter, mais elle ne lui en laissa pas le temps.

— Nous irons *ensemble* ! continua Isabel. J'ai suivi des cours de secourisme.

Jesse allait protester. Avant qu'il en ait eu le temps, un cri retentit.

— Mon bébé ! hurla la femme. Sauvez mon bébé !

Isabel se précipita vers le van.

L'odeur d'essence devint plus forte à mesure qu'elle approchait du véhicule. La chaleur qui montait du sol lui rappela que le risque d'explosion était bien réel.

Atteignant l'avant du véhicule, Isabel se laissa tomber à genoux et jeta un coup d'œil à l'intérieur.

La conductrice essayait de détacher sa ceinture pour passer sur le siège arrière. Elle devait avoir entre vingt-cinq et trente ans. Sur son visage ensanglanté, on lisait davantage de peur que de souffrance.

L'airbag avait bien fonctionné !

Isabel ne pouvait pas juger de la gravité de la blessure de la jeune femme. Mais elle savait que le cuir chevelu saignait toujours abondamment.

— Madame, appela-t-elle d'une voix douce.

— Aidez-moi !

— Je... (Isabel s'écarta pour que Jesse puisse se joindre à elle.) *Nous* allons vous aider.

— Mon bébé !

— Nous le sortirons de là !

Elle regarda à l'arrière du van.

Il y avait deux banquettes. Des caisses et des sacs s'étaient répandus dans l'habitacle. Comment un bébé aurait-il pu survivre à cela ?

Ne sois pas pessimiste... Tout va bien se passer. La femme est indemne. Son enfant a pu survivre aussi.

Isabel aurait pourtant donné cher pour que Max soit là.

Jesse entra dans le van et essaya de détacher la conductrice.

— Inutile..., dit-il. Le mécanisme est bloqué. (Il tira un couteau suisse de sa poche.) Je vais devoir couper la ceinture.

— Ne vous occupez pas de moi ! S'il vous plaît, trouvez ma fille ! Ils m'ont dit qu'elle était morte, mais elle est là ! Je la vois ! Elle a besoin d'aide !

— Je me charge du bébé, dit Isabel.

Jesse la retint par l'épaule.

— Non !

— Il le faut ! Pendant ce temps, libère la mère. Nous sommes à des kilomètres de Roswell. L'ambulance ne sera pas là avant un bon moment…

Le regard de Jesse trahit son indécision.

— Je ne te donne pas le choix !

— Alors, laisse-moi m'occuper du bébé.

— Tu n'arriveras jamais à te glisser à l'intérieur.

Isabel se faufila dans le van. Comme il était sur le flanc, s'y déplacer relevait de l'exploit.

— Isabel, appela Jesse.

Si le van avait été conçu pour le transport de passagers, il y aurait eu des vitres sur les flancs et plus de lumière à l'intérieur. Mais ça n'était pas le cas.

— L'odeur d'essence est de plus en plus forte, annonça le jeune homme.

Isabel l'avait sentie. Le van était une bombe qui pouvait exploser d'un instant à l'autre.

Jesse ne pouvant pas la voir, Isabel plaça la main contre la paroi du véhicule et utilisa ses pouvoirs sur le circuit électrique du van.

Le moteur hoqueta puis s'arrêta.

— Sors-la de là, Jesse !

— Mon bébé ! gémit la femme.

— Je vous l'amène, promit Isabel.

Son cœur se serra devant le tas de caisses et de sacs qui gisaient sur les banquettes. Désespérée, elle les déplaça, ignorant si elle dégageait l'enfant ou si elle l'enterrait un peu plus.

— Elle est ici ! Ici !

Surprise, Isabel se tourna vers la jeune femme. Son visage était un masque sanglant, et des larmes lui sillonnaient les joues. Mais elle souriait. Jesse avait presque réussi à la libérer, et elle pouvait se retourner sur son siège.

— Mon petit ange ! roucoula la femme. Abbie ! Viens voir maman, ma chérie !

La confusion la plus totale s'afficha sur les traits de Jesse. Il se tourna vers Isabel et secoua la tête.

Le cœur d'Izzy faillit s'arrêter. Sa première pensée fut que l'enfant était morte. Surmontant sa peur, elle se retourna.

Une enfant d'environ un an et demi était roulée en boule au pied du siège. Elle avait des cheveux blonds et bouclés et des joues rondes. Le ruban rose noué autour de sa tête était du même ton que sa robe et sa culotte. Les tennis qu'elle portait semblaient incroyablement grands.

— Vous voyez ? C'est mon bébé. (La femme sourit, puis gémit quand Jesse recommença à couper la ceinture.) Les docteurs disaient qu'elle n'avait pas survécu, mais je savais qu'ils avaient tort. Une mère sait ces choses-là.

La bizarrerie de ce discours ne choqua pas Isabel pendant qu'elle se frayait un chemin vers l'avant.

— Salut, dit-elle à la gamine. Ça va ?

La fillette lui jeta un regard noir et croisa les bras, boudeuse.

Jesse dut traîner la jeune femme hors du van. Elle se débattit, refusant de laisser son enfant.

Isabel tendit les bras pour prendre la petite fille. Avant qu'elle n'ait pu l'atteindre, la gosse montra les dents.

— Isabel ! appela Jesse.

Isabel voulut répondre, mais aucun son ne sortit de sa gorge.

L'enfant fit claquer ses mâchoires. Le regard braqué sur Isabel, elle pointa un index vers elle.

— Ta place n'est pas ici !

— Que regardes-tu comme ça ? demanda soudain Jesse.

— Le bébé, murmura Isabel.

— Je ne vois aucun bébé. Où est-il ?

Il déplaça quelques boîtes, ses mains traversant la fillette comme si elle n'était pas là.

Avant qu'Isabel ait pu trouver une explication logique, l'enfant se leva et sortit du véhicule avec l'agilité d'un lapin.

Terrifié par la lueur mauvaise qu'elle surprit dans son regard, Isabel la suivit. Elle s'égratigna le coude au pare-brise cassé. Dehors, la lumière et la chaleur la firent chanceler un court instant.

— Isabel ! cria Jesse, qui essayait de sortir du van accidenté.

Ne comprenant pas très bien la situation, Izzy regarda l'enfant approcher de la femme, allongée sur le sol.

— Maman ! cria la fillette avec une joie sadique.

Un sourire carnassier fendit son visage poupin.

— Abbie ! Maman ne voulait pas croire ce que disaient les docteurs ! Maman savait que tu étais vivante ! Je suis désolée, ma chérie, de n'avoir pas été là… Viens voir maman ! Maman jure qu'elle ne t'abandonnera plus jamais !

La créature – Isabel ne pouvait plus la prendre pour une enfant – croisa de nouveau les bras.

— Tu m'as tuée, maman !

— Non, Abbie, c'est faux ! O Dieu, c'est faux !

Ayant réussi à se dégager de la carcasse, Jesse rejoignit Isabel.

— Elle a des hallucinations ! dit-il.

Isabel comprit qu'il ne voyait pas la créature. Quand il voulut approcher de la blessée, Isabel l'arrêta, ignorant de quoi l'« enfant » était capable.

— Rappelle les secours, dit-elle.

Jesse hésita.

— Allez ! Je vais l'aider…

Le jeune homme hocha la tête, et prit son téléphone. En parlant, il ne quitta pas la jeune conductrice des yeux.

Il était capable de s'inquiéter pour une inconnue. Isabel aimait ça. Mais ça ne l'empêchait pas de redouter que son père découvre qu'ils étaient ensemble.

— Abbie ! cria la femme.

— Tu m'as tuée ! accusa la créature. Tu ne me voulais pas assez fort.

Isabel s'agenouilla près de la conductrice pour la réconforter.

— Tout va bien, murmura-t-elle. Ce que vous voyez et entendez n'est pas réel.

Aucun enfant ne pourrait être si cruel.

La femme lui saisit le bras à deux mains.

— Je ne l'ai pas tuée ! Je le jure !

— Tu m'as tuée, maman ! insista la créature. Tu voulais papa pour toi toute seule. Et tu avais peur de le perdre.

— Non ! C'était un accident, Abbie ! Le cordon ombilical s'est enroulé autour de ton cou ! Ils m'ont dit que ça n'était pas ma faute ! (Elle leva un regard implorant vers Isabel et lui serra la main très fort.) Ils m'ont dit que ça n'était pas ma faute...

— Bien sûr que ça n'était pas votre faute, dit Isabel.

La créature hurla de rage. Puis elle sauta sur la femme sans défense.

Songeant uniquement à la protéger, Isabel tendit la main. Un instant, elle sentit contre sa paume une chair glacée. Avant qu'elle n'ait eu le temps d'enregistrer d'autres détails, un éclair déchira le ciel.

La foudre tomba sur la chaussée. L'explosion déséquilibra Isabel et fit tomber Jesse à la renverse.

Izzy se tourna vers son compagnon, consciente qu'il avait plus souffert qu'elle. Alors qu'elle s'apprêtait à crier son nom, une silhouette grise et verte sortit de la jeune femme.

Isabel la vit grossir et atteindre près de trois mètres de haut. Elle s'avisa alors qu'il s'agissait d'un dragon – au moins, ça *ressemblait* à un dragon – avec des ailes courtes et un museau garni de crocs.

Les yeux du monstre semblaient pouvoir rouler dans toutes les directions. Dépliant ses membres antérieurs semblables à ceux d'une mante religieuse, il frappa.

Isabel esquiva, refusant d'abandonner la jeune femme inconsciente. Des serres passèrent à un cheveu de son visage.

— Isabel ! cria Jesse en se relevant.

— Partez ! ordonna le dragon. Ou vous mourrez !

Un autre éclair les aveugla. Cette fois, il tomba sur le van. Isabel eut à peine le temps de voir quelques flammes crépiter, avant que le réservoir du véhicule explose, le propulsant dans les airs. La masse de métal atterrit avec suffisamment de force pour faire trembler le sol.

Alors, Isabel vit le dragon disparaître, comme une image créée par ordinateur, pixel après pixel.

En quelques secondes, il ne resta plus que la femme et le van en feu. Regardant la route, Isabel vit arriver une voiture de police.

— J'appelle ton père, fit Jesse.

— D'accord, mais ne lui dis pas que je suis avec toi.

— Je n'aime pas lui mentir, tu sais…

— Il n'est pas prêt à entendre ça.

— Il pourrait tout découvrir !

— Ou pas ! Je préfère qu'il ne sache rien. (Elle marqua une pause.) Pas encore, Jesse. Et pas comme ça.

Et s'il y a des conséquences, je ferai face.

A contrecœur, Jesse hocha la tête. Il ouvrit son téléphone et avança à la rencontre de la police.

La main de la femme inconsciente dans la sienne, Isabel s'avisa soudain que Jesse n'avait pas vu la créature. Cette constatation la bouleversa. La femme l'avait vue, mais elle était concernée. Pas Jesse. Et Isabel non plus, mais elle, elle était une extraterrestre !

Même s'ils parvenaient à dépasser le stade de l'attirance physique et découvraient que leurs sentiments étaient sincères, ce serait toujours un problème entre eux.

Comme c'était un obstacle entre Max et Liz, qui s'aimaient pourtant profondément.

Liz sait que Max est un extraterrestre. Jesse n'a pas la moindre idée que j'en suis une. Comment sommes-nous censés surmonter ça ?

Isabel sentit ses entrailles se nouer. Elle devait faire quelque chose, mais quoi ?

La créature m'a reconnue… Elle ignorait mon nom,

mais elle savait que j'étais différente. Et elle me haïssait à cause de ça.

Elle regarda Jesse, qui parlait avec les policiers, et sut qu'un jour ou l'autre, lui aussi la détesterait pour ça...

Le cœur battant, Max vit Chien de Rivière s'arrêter net et l'imita. Ils se tenaient devant une petite maison à la peinture lépreuse. Des carillons éoliens pendaient sous le porche. La brise légère les agitait doucement, mais leurs sons cristallins se perdaient dans le vacarme qui montait de l'intérieur.

Chien de Rivière regarda les deux gamins qu'il tenait par la main.

— Restez ici, ordonna-t-il. Je vais m'occuper de votre maman.

Levant les yeux, il croisa le regard d'une vieille femme, qui avança aussitôt pour prendre soin d'eux.

Quelque chose se cassa à l'intérieur de la maison.

Un groupe de jeunes gens déboula de la ruelle adjacente. Max crut comprendre qu'ils travaillaient sur un chantier de construction, car chacun avait un outil – marteau ou pied-de-biche... – à la main.

— C'est la maison de Cathy Chante Corbeau, dit l'un des hommes. Que se passe-t-il ?

Chien de Rivière leva une main.

— Laissez-moi faire.

Un autre homme joua des coudes jusqu'à ce qu'il ait réussi à atteindre le premier rang. Max reconnut George Faucon Gris. L'Indien ne sembla pas heureux de le revoir.

— Que se passe-t-il ? demanda Faucon Gris.

— C'est l'esprit de grand-père, glapit l'un des petits garçons. Il est dans la maison.

Max surprit un mouvement du coin de l'œil. Alors qu'il tournait la tête, une chaise traversa la fenêtre, projetant du verre sur le porche et sur la foule.

La vieille femme emmena les deux gamins, qui hurlaient,

terrorisés. Des hommes reculèrent, poussant les femmes et les enfants vers les maisons.

— Chien de Rivière ! cracha Faucon Gris. Ça s'aggrave ! Les esprits de nos ancêtres sont revenus nous hanter. Mais ils ne s'en étaient jamais pris physiquement à quelqu'un. (Il croisa le regard de Max.) Tout ça, c'est la faute des Visiteurs. Et la tienne, parce que tu les as aidés.

Dans la maison, un gémissement de douleur retentit.

George Faucon Gris fit signe à quatre hommes d'y entrer avec lui.

— Venez, dit Chien de Rivière à Max.

Sachant que la tribu mesaliko le rendait responsable de ce qui lui arrivait, Max jugeait qu'il n'avait pas sa place à l'intérieur d'une de leurs habitations. Il voulait s'en aller, reprendre sa voiture et rentrer chez lui.

Sans un regard en arrière pour voir s'il le suivait, Chien de Rivière monta le porche branlant et entra dans la maison.

Max lui emboîta le pas en soupirant.

Les cris de la jeune femme se firent plus forts.

CHAPITRE VIII

De l'extérieur, la maison paraissait déjà bien petite, et c'était encore pire à l'intérieur. Max se sentit à la fois maladroit, gêné et apeuré.

Une femme – il supposa qu'il s'agissait de Cathy Chante Corbeau – s'était réfugiée dans un coin, les bras levés pour se protéger la tête et le visage. Les murs étaient criblés de trous. Les chaises et la table gisaient en miettes. Des photos jonchaient le sol.

— Où est-il ? demanda Faucon Gris.

— Ici, George Faucon Gris ! rugit une voix dure.

Sidéré par l'étendue des dégâts, Max découvrit un homme grand, vêtu d'un jean et d'une chemise kaki. Il se tenait sous le montant de la porte de la cuisine. Ses cheveux gris étaient nattés et un bandeau orné de perles et de deux plumes d'aigle entourait son front. Il avait un visage parcheminé comme du cuir laissé trop longtemps au soleil.

Chien de Rivière regarda Max.

— Le voyez-vous ? demanda-t-il.

Max hocha la tête.

— Pas vous ?

— Henry Chante Corbeau n'est pas un de mes ancêtres, répondit le chamane. Il fait partie de ma famille, mais il n'est pas de mon sang. Où est-il ?

Max désigna le spectre.

— Que fait-il ?

— Il est venu me punir, répondit Cathy. Il dit que notre

peuple ne devrait pas être ici. Selon lui, nous allons tous être punis pour avoir violé le traité passé avec les esprits.

— Je ne vois personne, fit Faucon Gris.

— Il vous connaît, pourtant, répondit Max. Il vous a appelé par votre nom.

Mal à l'aise, Faucon Gris jeta un coup d'œil vers la sortie.

— Il est là. (Cathy Chante Corbeau s'essuya le visage d'une main tremblante.) Il est venu pour me tuer.

Chien de Rivière vint se camper devant la jeune femme.

— Je ne le laisserai pas faire, promit-il.

Henry Chante Corbeau bondit sur les hommes et leur flanqua des coups de poings. Le tonnerre retentit dans la pièce, et un éclair blanc transperça un mur. Une odeur de brûlé se répandit dans l'air.

Hurlant de rage et d'impuissance, George et ses amis essayèrent de se regrouper.

Faucon Gris réussit à localiser le fantôme en voyant tomber un de ses camarades et lui flanqua un coup de pied-de-biche. Max ne vit pas si le coup avait atteint l'esprit. De toute façon, il ne réussit pas à le ralentir.

Henry Chante Corbeau avança vers Chien de Rivière et la jeune femme.

D'autres hommes voulurent se jeter dans la mêlée.

Le chamane leva la main.

— N'entrez pas. Vous ne pouvez rien faire.

Les nouveaux venus ne semblèrent pas apprécier cette idée, mais ils virent ce que le fantôme avait fait à Faucon Gris et à sa bande.

Sachant qu'il ne pouvait pas rester là sans rien faire, même s'il n'était pas certain de la marche à suivre, Max s'interposa entre l'esprit et sa victime. Il se campa devant Chien de Rivière, main tendue.

Le visage de Chante Corbeau était livide de rage.

— Fiche le camp, étranger ! ordonna-t-il d'une voix rauque. Fiche le camp, et je te laisserai peut-être la vie sauve.

Max aurait voulu lui répondre, mais que lui dire ?

Dans son dos, Chien de Rivière commença à psalmodier :

— N'aie pas peur Cathy Chante Corbeau, dit-il. N'aie pas peur. Les esprits vengeurs tirent leur pouvoir de nos angoisses. Nos ancêtres l'ont appris à leurs dépens, la première fois que les morts se sont relevés. Si tu ne manifestes aucune crainte, ils ne peuvent rien contre toi.

Max ne fut pas convaincu. Mais l'apparition commença à trembloter.

Chien de Rivière chantait toujours.

— Non ! hurla Chante Corbeau.

Il bondit.

Instinctivement, Max tendit les bras pour le repousser. Il sentit une résistance, comme s'il essayait d'enfoncer ses mains dans de la gélatine. Puis un second éclair jaillit.

L'instant suivant, le fantôme disparut.

Refusant de croire que le spectre était bien parti, Max regarda autour de lui. Qu'est-ce qui l'avait fait fuir ? L'ancêtre de Chien de Rivière avait pénétré dans son corps avant de quitter ce monde.

— Il est parti ? demanda le chamane.

— Je crois, répondit Max. (Puis il s'avisa que Chien de Rivière soutenait le corps inerte de la jeune femme.) Est-elle… est-elle…

— Elle s'est seulement évanouie.

Max vint s'agenouiller près de l'Indienne. Une longue balafre la défigurait. Même si elle était prise en main par un bon chirurgien plastique, elle garderait une vilaine cicatrice. Sans compter qu'elle risquait de souffrir beaucoup. Il refusait qu'elle subisse ça.

Rassemblant ses forces, il posa une main sur son visage.

— Que faites-vous ? aboya Faucon Gris.

— Silence ! ordonna Chien de Rivière.

Max guérit la jeune femme et regarda la chair se refermer. En quelques secondes, la respiration de Cathy devint profonde et régulière. Quand il retira sa main, il ne restait plus trace de l'entaille.

Max se sentait très las.

— Une empreinte argentée apparaîtra sur son visage, dit-il au chamane. Elle ne doit pas s'inquiéter : elle partira au bout de quelques jours.

— Je comprends, répondit Chien de Rivière.

— Vous en aurez sûrement une aussi sur la poitrine, ajouta le jeune homme.

— Merci.

Ne voulant pas faire de geste brusque en présence de Faucon Gris et de sa clique, Max se leva lentement. Les genoux flageolant, il regarda Chien de Rivière.

— Je ne comprends rien à tout ça, dit-il.

Le chamane hocha la tête.

— En temps voulu, *nous* comprendrons. Aidez-moi à la porter.

Avant que Max n'ait pu faire un geste, Faucon Gris l'écarta et prit Cathy Chante Corbeau dans ses bras.

— Je m'occupe d'elle, dit-il au chamane. Le Visiteur doit partir. Sa présence rend les choses encore plus terribles.

Piqué au vif, Max sentit qu'il s'empourprait. Tout ce qu'il voulait, c'était quitter la réserve et rentrer à Roswell.

— Que s'est-il passé, ici ?

Armé d'une pelle et d'une balayette, Michael leva la tête. Après le drame avec Leroy Wilkins, les parents de Liz avaient fermé le *Crashdown* et composé une équipe de nettoyage. Ayant prévu de faire la sieste, le jeune homme n'était pas très content. Depuis son séjour dans le désert, il avait du sommeil en retard.

Isabel se tenait sur le seuil et regardait autour d'elle, écarquillant les yeux. Habillée de frais, elle sentait le savon et le shampooing, comme si elle venait de prendre une douche.

— Je croyais que tu travaillais, aujourd'hui, répondit Michael.

— C'est le cas ! D'ailleurs, je suis pressée.

— Moi aussi ! J'espérais avoir un peu de temps libre. (Il

désigna les fenêtres cassées avec sa pelle.) Mais le restaurant est fermé, et je dois travailler encore plus dur pour nettoyer ce bazar.

Isabel croisa les bras.

— J'ai entendu dire qu'un tourbillon de poussière a dévasté le *Crashdown*. Ou qu'un esprit frappeur l'a saccagé. J'aimerais bien savoir quelle version est la bonne.

— Et si je te disais que c'était un fantôme ?

— Quel genre ?

— Eh ben, on ne peut pas dire que c'était Casper le Gentil Fantôme. Plutôt du genre du Trio, revu et corrigé par Steven Spielberg.

— Donne-moi plus de détails.

— C'était le fantôme d'un vieux prospecteur, un type appelé Swanson. Plutôt bizarre.

— Ce n'était pas le fantôme d'une petite fille ?

Michael la dévisagea et vit que sa sérénité apparente était un leurre.

— Tu as vu un fantôme.

— J'ai vu quelque chose, reconnut Isabel. Mais j'ignore ce que c'était.

— Où as-tu vu ton fantôme ?

— Plus tard… Il faut nous réunir pour parler de tout ça. Tu sais où est Max ?

— Non. Je ne l'ai pas vu de la journée.

— Peut-être parce que nous ne sommes jamais là pour lui, fit Isabel avec un regard plein de reproches pour son ami.

Michael ne se sentait pas coupable. Max était un grand garçon. Il savait où le trouver en cas de besoin. De toute manière, il avait pris l'habitude d'agir sans en référer à sa sœur ou à son meilleur ami.

Et Michael le respectait en partie pour ça…

Isabel balaya la salle du regard.

— Où est Liz ?

— A l'hôpital.

— Elle a été blessée ?

— Non. Son père a voulu qu'elle l'accompagne. Pour la police, c'est un témoin. Et c'est valable aussi pour l'assurance, au cas où le type porterait plainte.

— Bien, dit-elle. Je vais aller la voir. Si vous avez besoin de moi, vous me trouverez là-bas.

Irrité par l'attitude d'Isabel, qui avait vu un fantôme mais n'avait répondu à aucune de ses questions, Michael la regarda partir. Si son amie avait vu un spectre, ils étaient de nouveau plongés dans l'étrange jusqu'au cou.

Des badauds s'étaient rassemblés en face du restaurant. Des rumeurs circulaient. L'une d'elles affirmait que le *Crashdown* était construit sur un cimetière indien.

— Une panne de balais ? lança Maria.

Michael se retourna.

— Je parlais avec Isabel.

Maria se fit un devoir de regarder autour d'elle.

— On dirait qu'elle est partie. Alors à moins que vous soyez télépathes, active-toi un peu.

— Tu m'en veux, ou quoi ?

— Non. Pourquoi, je devrais ?

— Non. (Michael montra le restaurant dévasté.) Ce n'est pas moi qui ai fait ça.

— Tu ne fais pas tellement de choses, Michael. Je dirais même qu'il y a énormément de choses que tu ne penses pas à faire.

Sur ces mots, elle retourna dans la cuisine.

Michael essaya de se remettre au travail, et comprit vite que c'était impossible. Il n'avait pas la moindre idée de ce qui avait pu rendre Maria furieuse, mais il lui restait une seule chose à faire. Soupirant, il posa la pelle et la balayette et défit son tablier.

Il trouva Maria devant l'évier, occupée à récurer des casseroles. La quantité d'eau où elle pataugeait témoignait de l'ardeur qu'elle mettait à la tâche.

Michael s'appuya au gril, croisa les bras et se prépara au pire. Chaque fois que son amie se mettait dans un état pareil, ça signifiait qu'elle avait quelque chose à lui reprocher. Il pensa aux dégâts faits par le fantôme, mais elle ne pouvait quand même pas l'en rendre responsable !

— Je n'ai pas invoqué le fantôme, tu sais, dit-il.

Maria continua son travail.

Michael prépara mentalement une liste de choses qui étaient allées de travers.

— Et je ne nous ai pas portés volontaires pour faire le ménage.

— Non, fit Maria d'un ton glacial. C'est moi. Nous avons besoin d'argent, et les parents de Liz ont besoin d'un coup de main.

— Tu aurais dû me demander mon avis. Je pourrais t'en vouloir…

Maria lui jeta un regard noir. Elle avait si bien frotté les plats que de la mousse avait volé partout.

— Tu m'en veux ?

Ayant une longue expérience de ce ton et de ce regard, Michael décida de ne pas continuer dans cette voie.

— Non. Il me faut de l'argent, même s'il me reste presque tout ce que j'ai gagné à Las Vegas.

— Donc, tu n'avais pas besoin de briquer ?

Michael soupira. Il avait beau se creuser la cervelle, il ignorait ce qu'il avait fait de mal.

— Hum, au sujet de ce fantôme… J'ai eu tort de ne pas t'en parler. Désolé.

— Je ne t'aurais pas cru, répondit Maria.

Michael cligna des yeux. Quelque chose avait dû lui échapper.

— Alors, je ne comprends pas pourquoi tu es fâchée contre moi, dit-il.

Maria soupira de frustration.

Michael recula d'instinct. Il n'avait pas cédé un pouce de terrain devant le fantôme du père de Tille, ni devant celui du prospecteur, même quand la foudre était tombée dans le *Crashdown*. Mais devant la colère de Maria, c'était une autre histoire.

— As-tu seulement pensé à ce que tu as fait ? demanda-t-elle.

— Je n'ai rien fait !

— Oh, si !

— Quoi ?

— C'est Liz que tu as sauvée du fantôme, pas *moi*, même si j'étais là !

CHAPITRE IX

Liz était assise dans la salle d'attente des urgences. Elle aurait voulu partir de l'hôpital, ou au moins aller prendre l'air. Mais ça n'était pas près d'arriver.

Les stores laissaient entrer le soleil. La plupart des gens bavardaient, certains affichant une grande expérience de ce genre d'attente inconfortable. Les autres s'agitaient ou feuilletaient des magazines sans les regarder vraiment. Quelques-uns seulement semblaient malades ou désespérés.

Liz parvint à la conclusion qu'une salle d'attente d'hôpital n'était pas l'endroit idéal pour s'inquiéter du sort d'une personne. Même si elle ne connaissait pas Wilkins, elle se sentait un peu coupable. Mais ses pensées allaient surtout vers Max. Pourquoi n'était-il pas venu quand il avait appris ce qui était arrivé ?

A moins qu'il n'en sache rien.

Liz jeta un coup d'œil à son père. Jeff Parker était au téléphone. Il écouta un instant, en silence, puis répondit en détail à la question de l'assureur. Il se référait sans cesse au document légal qu'il avait apporté, sur lequel il faisait sans cesse des annotations.

Incapable de rester assise plus longtemps, Liz se leva et s'approcha de son père. Quand il leva les yeux, elle dit :

— Je vais me chercher un truc à boire. Tu veux quelque chose ?

— Un café. Merci.

Il retourna à sa conversation.

Liz quitta la salle d'attente et se dirigea vers l'alcôve où étaient les distributeurs. Elle mit un dollar dans la fente et fit son choix.

Une ombre glissa sur la machine alors qu'elle se redressait, un soda à la main. Elle sursauta, puis se rappela qu'elle avait été incapable de voir le fantôme, au *Crashdown*. Se demandant s'ils avaient un reflet, elle se retourna.

— Ça va ? demanda Isabel.

— Oui, répondit Liz. Tu m'as fait peur.

— Navrée...

— Il n'y a pas de mal. Qu'est-ce qui t'amène ?

— J'ai parlé à Michael. J'ai appris ce qui s'est passé, au *Crashdown*. (Elle marqua une pause, puis ajouta :) Max est ici ?

— Non.

— Sais-tu où il est ?

— Non.

— Si tu le vois, dis-lui qu'il faut que je lui parle.

— D'accord...

Elle aurait voulu demander la même chose à Isabel, mais elle ne voulait pas que Max croie qu'elle cherchait un prétexte pour le voir. S'il devait revenir vers elle, il fallait qu'il le désire, pas qu'il pense qu'elle avait besoin de lui. Puis elle s'avisa que c'était exactement ce qu'elle lui reprochait. Il n'était pas venu, alors qu'il savait qu'elle avait besoin de lui.

— Quelque chose ne va pas ?

Isabel hésita avant de répondre :

— Le fantôme du *Crashdown* n'a pas été le seul à se montrer, aujourd'hui.

— Je sais, dit Liz. Michael en a vu un autre, il y a quelques jours, dans le désert. (Soudain, elle comprit.) Toi aussi ?

— J'ai vu *quelque chose*. C'est pour ça que je dois parler à Max. (Elle se tut, puis reprit :) J'ai un autre service à te demander.

Cette phrase attira l'attention de Liz. Isabel n'était pas du genre à demander de l'aide.

— Vas-y.

— Je doute que l'occasion se présente, mais au cas où, tu veux bien dire à mon père que je suis venue voir comment tu allais dès que j'ai appris ce qui s'était passé au *Crashdown* ?

Liz cligna des yeux, s'attendant à une explication. Mais rien ne vint.

— D'accord, dit-elle enfin, se demandant ce qu'Isabel lui cachait.

Isabel regarda sa montre.

— Quand es-tu arrivée ici ?

— Je ne sais pas. Il y a trois quarts d'heure, peut-être.

Isabel hocha la tête.

— Si mon père te demande quand je t'ai rejointe, peux-tu lui dire que c'était cinq minutes après ton arrivée ?

— Aucun problème.

Isabel qui ment à ses parents ? Ce doit être la fin du monde !

— Merci. Il faut que j'aille voir quelque chose. Je reviens dans quelques minutes.

— Bien…

Liz la regarda partir, stupéfaite. Isabel disparut à un coin du couloir, comme si elle savait exactement où elle allait.

Génial. Me voilà devenue un alibi…

Liz localisa la machine à café, y inséra un autre dollar et récupéra très vite le gobelet en plastique.

Elle se retourna, se retrouva nez à nez avec Jim Valenti…

Et faillit lâcher le gobelet brûlant.

— Quelque chose ne va pas ? demanda Valenti.

Pur produit de la mode cow-boy qui continuait de sévir au Nouveau Mexique, il n'avait pas une once de graisse. Il portait un jean, une chemise western et des bottes. Le chapeau blanc qu'il tenait à la main l'aurait identifié comme un « Gentil » dans une vieille série télé.

— Non…

— On dirait que tu as vu un fantôme.

Liz lui coula un regard ironique.

— Désolé, s'excusa-t-il avec un petit sourire. Dès que j'ai entendu la rumeur, je me suis dit que je devais vérifier si elle était fondée.

— Je n'ai pas vu de fantôme, répondit Liz.

Valenti hocha la tête.

— Je savais que c'était des âneries, mais ces jours-ci, on ne peut pas dire que je sois très occupé.

Valenti avait été débarqué de son poste de shérif parce qu'il avait refusé de divulguer des informations qui auraient exposé Max, Michael et Isabel.

— Non, je ne dirais pas ça. Il y avait… *quelque chose.* Michael l'a vu.

Valenti plissa les yeux et le front, pensif.

— D'après ce qu'on m'a dit, Maria et toi étiez à côté de Wilkins quand il s'est écroulé.

— C'est la vérité.

— Et vous n'avez rien vu ?

— Rien du tout.

— Michael a vu quoi ?

— Un homme.

Elle essaya de se rappeler la description que lui avait faite le jeune homme pendant qu'ils attendaient l'ambulance.

— Michael le connaissait ? demanda Valenti.

— Non. Il a dit que l'homme était grand et voûté, comme s'il avait passé sa vie à craindre de se cogner la tête, ou quelque chose comme ça.

— Et ses yeux ?

— Michael a dit qu'il n'en avait qu'un. Sur l'autre, il portait un cache.

— Un fantôme borgne.

— Ça vous dit quelque chose ? demanda Liz.

— Peut-être… Il y a trente ans, mon père a enquêté sur la disparition du partenaire de Wilkins, un certain Terrell Swanson.

— C'est le nom que Wilkins a mentionné, au restaurant. Il disait être poursuivi par Swanson.

— Mon père n'a jamais retrouvé Swanson. Il pensait que Wilkins l'avait tué pour garder un filon d'uranium, puis qu'il avait enterré le corps.

Liz croisa le regard bleu de l'ancien shérif.

— Vous croyez que ce fantôme était *réel* ?

— Je crois surtout que je dois parler à Michael. Il est toujours au *Crashdown ?*

— Oui.

— Comment va Wilkins ?

— Je l'ignore. Les secouristes ne savent pas s'il s'en remettra.

Un fantôme de plus à Roswell ?

Cette pensée lui flanqua la chair de poule.

— Tu restes ici ?

Liz acquiesça.

Valenti jeta un coup d'œil vers les urgences.

— Préviens-moi s'il y a du nouveau.

— D'accord.

— Je te contacterai si cette histoire risque de vous mettre en danger, tes amis et toi.

Valenti tourna les talons.

La jeune fille le vit pousser la porte et disparaître.

L'esprit en ébullition, elle retourna dans la salle d'attente et donna le café à son père. Concentré sur sa communication téléphonique, il s'aperçut à peine de son retour.

Liz retourna s'asseoir.

Oh, Max, où es-tu ?

Max retourna vers sa voiture en compagnie de Chien de Rivière. Le soleil sapait le peu d'énergie qui lui restait. Il avait hâte de retrouver le confort de l'air conditionné de la Cutlass.

— Il ne faut pas en vouloir à George Faucon Gris, dit le chamane. La peur peut provoquer d'étranges réactions.

Max s'arrêta près de sa voiture et jeta un regard au village mesaliko. Alors qu'ils passaient entre les maisons, il avait surpris les regards des habitants. Mais il ignorait lesquels étaient vivants et lesquels… ne l'étaient pas.

— Quelque chose cloche…

— Que voulez-vous dire ? demanda Chien de Rivière.

— Si les fantômes veulent réellement vous faire quitter la région, pourquoi ne forment-ils pas une armée pour vous chasser ?

— Plusieurs esprits sont apparus en quelques jours. Ils se rassemblent.

— Vous avez vu ce que Henry Chante Corbeau a fait. Si plusieurs fantômes attaquaient, ils pourraient mettre votre village à feu et à sang.

Chien de Rivière prit son temps avant de répondre.

— Jusqu'à votre visite, ils étaient incapables de toucher les vivants.

— Mais Chante Corbeau a dévasté la maison avant mon arrivée !

— C'est vrai, mais vous étiez dans le village…

Max regarda les maisons éparpillées dans les collines.

— Ce n'est pas possible ! Vous m'avez dit que ça s'était déjà produit une fois, il y a des siècles. Le vaisseau qui nous a amenés ici s'est écrasé en 1947. Aucun être de mon espèce n'était présent sur Terre il y a des centaines d'années.

— Je ne connais pas toutes les réponses, mais je sais que votre présence a eu un effet sur tout ça. Je crois qu'il serait préférable que vous partiez.

Max fut peiné de cette remarque, et cette émotion se transforma vite en colère. Il n'avait pas sa place sur ce monde ! Tess les avait tous trahis et Liz n'était pas contente qu'il soit resté…

Max ouvrit la portière de la Cutlass.

— Après cette réception, je doute de revenir…

Il s'installa au volant. Le revêtement du siège était brûlant.

— Vous aviez vos propres raisons de nous rendre visite aujourd'hui, dit Chien de Rivière.

La gorge de Max se serra.

— J'ai un fils.

— Soyez béni, dit le chamane. Un fils est un don merveilleux… et une grande responsabilité.

— On me l'a enlevé.

— Je suis navré.

— J'espérais que vous en sauriez plus que moi au sujet du Granilith. Ou que vous me diriez comment partir à la recherche de mon fils.

Chien de Rivière secoua la tête.

— Je vous ai répété tout ce que Nasedo m'a révélé sur l'endroit d'où vous venez.

— Alors il reste peut-être quelque chose, dans les environs, que nous n'avons pas encore découvert, dit Max. Un indice qui me permettra de retrouver la trace du Granilith.

— Quand tout ça sera fini, et que j'aurais ramené la paix au sein de mon peuple, je vous aiderai à chercher…

— Merci.

— De retour en ville, voyez si vos amis et vous pouvez en apprendre davantage sur les esprits qui hantent Roswell.

— Que voulez-vous dire ?

— Les fantômes ont également envahi Roswell.

— Comment le savez-vous ?

— Des gens du village y sont allés. Pendant que je m'occupais de Cathy, ils sont venus me parler. Le *Crashdown Café* a essuyé une attaque.

O mon Dieu, pensa Max. *Liz !*

— Il y a eu des blessés ?

— Un homme, répondit Chien de Rivière. Leroy Wilkins.

Ce nom ne dit absolument rien au jeune homme.

— Nous connaissons Wilkins, continua le chamane. Il y a près de trente ans, il a failli finir en prison pour avoir creusé une mine sur le territoire de la réserve.

— Il faut que j'y aille, dit Max.

Quand il démarra, Chien de Rivière s'écarta de la vitre.

Max fit demi-tour. Ses pneus crissèrent sur le sable. Il

freina, mit la marche avant et s'éloigna de la réserve, en direction de la nationale.

Sur le chemin de terre, il surprit un mouvement du coin de l'œil. Au milieu des ondes de chaleur qui montaient du désert, une dizaine de guerriers à cheval s'étaient rassemblés.

Bien que l'image ne fût pas aussi nette que celle de Tueur d'Ours ou de Henry Chante Corbeau, Max n'eut aucun problème à distinguer leurs peintures de guerre. Les poneys piaffaient d'impatience tandis que les braves regardaient passer la Cutlass.

Soudain, hurlant assez fort pour couvrir le bruit du moteur et le ronron de la climatisation, ils talonnèrent leur monture. Leurs armes levées, ils se lancèrent à la poursuite de Max.

Veillant à rester au milieu de la route pour éviter les nids de poule, le jeune homme accéléra et regarda dans le rétroviseur les guerriers disparaître derrière le nuage de poussière soulevé par la Cutlass.

En haut de la colline, il ne relâcha pas l'accélérateur. Ignorant le stop, il tourna à gauche, et mit la gomme.

Avec de la chance, il ne tomberait pas sur un radar.

CHAPITRE X

— T'est-il seulement venu à l'esprit de me sauver en même temps que Liz ?

Stupéfait, mais conscient qu'il ne se serait jamais attendu à une telle question, Michael regarda fixement Maria.

Le silence s'éternisa, parfois brisé par le *pop !* sifflant d'une bulle de savon qui éclatait dans l'évier à trois bacs.

— J'étais entre toi et le fantôme, dit enfin Michael. Tu étais protégée, même quand j'ai renversé Liz sur le sol.

— Puisque je ne pouvais pas voir le fantôme, je suppose qu'il faudra que je te croie sur parole.

Michael réfléchit. Comme la précédente remarque de son amie, c'était un terrain miné – tout spécialement pour lui.

— Tu n'as pas été blessée, souligna-t-il.

— J'aurais pu l'être.

— Et moi aussi. Mais je ne l'ai pas été. Et toi non plus. Nous avons eu de la chance.

— Je n'arrive pas à le croire. C'est tout ce que tu as trouvé pour ta défense ?

— Maria, j'ai pensé à te sauver.

— Tu as *pensé* à me sauver ? Sachant que tu as délibérément choisi de *ne pas* le faire, je considère que c'est encore pire !

Selon Michael, les choses ne pouvaient *pas* être pires. Ou la différence était si infinitésimale qu'il ne parvenait pas à la cerner.

— Je n'ai pas choisi de ne pas te sauver.

— Tu as choisi de sauver Liz !

— Elle était plus près du fantôme !

— Et pourquoi devrais-je gober ça ?

— Parce que je te le dis.

— Tu es le seul à avoir vu le fantôme. Il faut que je te croie sur parole ?

— Quand le vieil homme sortira de l'hôpital, pose-lui la question.

— Donc, tu as choisi qui tu voulais sauver.

— J'ai établi une liste des priorités, en fonction de qui courait le plus grand danger.

— Oh, comme ça, tu as fait un tri !

Michael n'était pas assez bête pour s'engager sur cette pente-là.

— Tu ne tries même pas ton linge sale, accusa Maria.

— Si.

Le jeune homme se rappelait qu'ils avaient eu une discussion interminable et terriblement ennuyeuse à ce sujet. Un truc à propos des couleurs, des densités et des textures. Il avait trouvé ça aussi excitant qu'un cours d'histoire donné par un entraîneur sportif. Voilà pourquoi, désormais – surtout quand Maria était dans les parages – il faisait l'effort de trier son linge en fonction des couleurs et des tissus.

— Parfait. Mais les gens ne sont pas du linge sale.

Michael en resta un instant sans voix.

— *Les gens ne sont pas du linge sale ?* C'est ça, ton argument ?

— C'est juste une *observation*, grogna Maria. Apparemment, tu n'as pas fait cette distinction.

Conscient de sa défaite, Michael battit en retraite.

— Je vais sortir les poubelles.

— Bien, fit Maria en se remettant à la vaisselle.

— Bien, répéta Michael.

Il tourna les talons et revint dans la salle. Une demi-douzaine de sacs poubelle attendaient d'être sortis. Toujours en colère, il en prit deux.

Malheureusement, il tira trop fort et ils se déchirèrent.

Des détritus se répandirent sur le sol, anéantissant tous les efforts qu'il avait faits depuis la fermeture du restaurant.

— Je t'avais dit de remplir la poubelle au lieu d'utiliser des sacs, triompha Maria. Tu aurais pu les sortir sans qu'ils craquent. Mais je suppose que tu n'as pas établi de listes de priorités ?

Michael soupira d'accablement.

Alors qu'il allait reprendre le balai et la pelle, une camionnette portant le logo d'une chaîne de télévision locale s'arrêta devant le restaurant. Un homme en costume en descendit.

Un autre homme, en jean et T-shirt de l'Université du Nouveau Mexique apparut à son tour. Il regarda autour de lui, tira une casquette Spiderman de sa poche et se la vissa sur le crâne. Puis il récupéra une caméra sur le siège arrière.

— Commence par quelques prises à l'extérieur, Bob, dit le journaliste en boutonnant sa veste. (Il prit un micro dans une mallette.) Et vérifie ce truc.

L'expression du cameraman indiquait clairement que l'autre type l'énervait prodigieusement.

— Je pratique ce métier depuis plus longtemps que toi, Marty. Je sais ce que j'ai à faire.

— Ou tu prends mes ordres au sérieux, répliqua Marty, ou je demande à la station de m'envoyer un autre cameraman.

Bob souleva sa caméra.

— Ne te gêne pas, Marty ! Mais après, ne t'étonne pas si ta tête est mal cadrée. N'importe quel idiot peut parler devant une caméra, mais tout le monde ne sait pas s'en servir.

Cet avertissement ne sembla pas plaire à Marty.

Apparemment, Bob s'en fichait.

— Tommy, appela Marty.

— Ouais, répondit le chauffeur.

— Vois si tu peux me débusquer quelques autochtones à

interviewer. Il y en a toujours qui veulent passer à la télé. Et trouve-moi quelqu'un qui a vu le fantôme.

Bien, se dit Michael, s'efforçant de rester calme, *ça sent le roussi.*

— Quand tu entres dans un de ces endroits décrépis, quelle est la première chose qui te vient à l'esprit ?

Kyle Valenti prit un mouchoir dans sa poche et s'essuya le visage. Soulevant son masque, il se sécha également le menton et le nez. Le bâtiment condamné sentait le renfermé et l'air charriait des colonnes de poussière. Il la sentait lui coller à la peau. Il portait un T-shirt dont il avait coupé les manches, un jean et une ceinture où il pouvait accrocher ses outils.

— La première chose à laquelle je pense, répondit-il, c'est : « Quand vais-je ressortir d'ici ».

— Pas moi, dit Doyle Quinlann.

Quinlann était un entrepreneur local. Petit, le crâne rasé, il portait un masque, des gants, un pantalon et une chemise trempée de sueur.

Le faisceau de sa lampe torche balaya les débris.

Kyle attendit, content de souffler un peu. Quinlann travaillait à son compte et il avait cinq enfants. On eût dit une machine : infatigable ! La quarantaine, il parvenait à laisser sur le carreau des hommes deux fois moins âgés que lui.

— Non, continua Quinlann, en révélant des meubles cassés et des caisses de vêtements, de livres et d'autres babioles que plus personne n'utilisait depuis longtemps. Je me demande toujours si quelqu'un y est mort.

— Comme c'est charmant, fit Kyle en tapotant son masque pour faire tomber la poussière.

— Un truc auquel il faut penser… (Quinlann éclaira les murs.) Les agents immobiliers ne sont pas tenus de dire à leurs clients que quelqu'un est décédé dans la maison qu'ils viennent d'acheter. Peut-être y a-t-il eu un mort dans celle où tu vis.

Génial, pensa le jeune homme. *Comme si je n'avais pas*

assez de souci, voilà que je vais devoir m'en faire au sujet de fantômes.

— Bien sûr, continua son patron, je ne suis pas superstitieux. Mais j'ai un respect parfaitement logique pour les esprits. (Il braqua sa lampe sur les fenêtres condamnées par du contreplaqué.) Arrache-moi ça, que nous ayons un peu de lumière.

Kyle prit le pied-de-biche posé à ses pieds. Quand il avait commencé à travailler pour Quinlann, une semaine plus tôt, il n'avait pas réfléchi au poids de cet outil, qui lui avait paru un peu plus lourd qu'une batte de base-ball. Mais après dix ou douze heures, il avait l'impression de manier une enclume.

— Ma mère est morte, il y a quelques années, continua Quinlann.

— Navré de l'apprendre.

Kyle inséra le bout de l'outil sous la plaque et commença à tirer.

— Ouais. Elle n'arrêtait pas de me reprocher de tout égarer. Tu sais : mes clés, mon portefeuille, mon alliance…

Les clous cédèrent avec un grincement. Un rai de lumière pénétra dans la pièce, éclairant le ballet aérien des grains de poussière.

— Ma mère avait un endroit spécial où elle mettait les objets qu'elle trouvait. Il y a environ deux ans, j'ai perdu mon alliance. Je l'ai cherchée, et ma femme aussi, pendant deux semaines. Mes gosses participaient à la chasse, parce que j'avais promis une récompense à celui qui mettrait la main dessus. Sans résultat.

Kyle arracha le contreplaqué, qui souleva un nuage de poussière en tombant.

— Une nuit, j'ai rêvé de ma mère, qui me disait de regarder à l'endroit habituel. Elle était venue vivre avec nous, les quatre dernières années… Le lendemain, je me suis levé et je suis allé jeter un œil dans la cachette. Devine ce que j'y ai trouvé ?

— Votre alliance, répondit Kyle.

— Ouais. (Quinlann éteignit sa lampe. Il y avait assez de lumière pour qu'ils puissent se déplacer sans risque.) Tout ça pour dire que tu devrais garder l'esprit ouvert, concernant les fantômes.

— Pigé !

L'entrepreneur désigna les autres fenêtres.

— Commençons par découvrir celles-là aussi, puis l'équipe de nettoyage pourra venir.

Content qu'ils aient changé de sujet, Kyle se mit au travail.

Cinquante et quelques années plus tôt, le bâtiment était un hôtel. Depuis vingt ans, des entreprises locales s'en servaient pour stocker des choses qu'elles n'avaient pas voulu jeter officiellement. Le nouveau propriétaire de l'immeuble avait engagé *Quinlann Construction* pour en faire un centre de télé-marketing.

Pendant que Kyle s'occupait de découvrir les fenêtres, Quinlann marquait les cloisons qui ne seraient pas abattues. En gros, il ne resterait bientôt plus que les murs porteurs.

— Il devrait y avoir une salle de bains, là-derrière, dit l'entrepreneur. Ouvre-la, qu'on jette un coup d'œil.

Kyle s'approcha de la porte. La puanteur l'arrêta net, malgré son masque.

— On dirait que quelque chose est venu crever là-dedans.

— Les reflux des égouts, expliqua Quinlann. Quand on a coupé l'eau, les tuyaux ont séché et ils laissent maintenant remonter les gaz.

— Oh, fit le jeune homme.

Depuis qu'il travaillait pour l'entrepreneur, il avait appris beaucoup plus de choses sur la plomberie qu'il ne l'aurait voulu.

La salle de bains se composait d'une baignoire-douche, d'un lavabo et de toilettes.

Kyle s'efforça de respirer par la bouche, ce qui rendit l'expérience moins pénible.

— Alors, terrible ? demanda Quinlann.

— Vous l'avez dit !

— Je parle du boulot. Va falloir tout arracher, hein ?

— Oui.

Un reflet argenté attira l'attention de Kyle. Il se retourna, mais ne vit rien.

— *Kyle*.

Le murmure lui fit dresser les cheveux sur la tête.

Kyle se pétrifia.

— *Kyle*, répéta la voix sifflante.

La bouche très sèche, le jeune homme demanda à son patron :

— Il y a quelqu'un d'autre que nous, ici ?

— Non. Pourquoi ?

— J'ai cru entendre quelqu'un parler.

— Il faut vérifier. C'est peut-être une bande de gamins. Ils adorent s'éclater dans les baraques désaffectées.

Kyle se tourna vers la cabine de douche. Le seul endroit où quelqu'un pouvait se cacher.

— Tu as trouvé la fenêtre ?

— Pas encore. Où est-elle ?

— D'après les plans, dans le mur est.

Kyle se tourna sur sa gauche et vit la fenêtre. Elle lui avait échappé parce qu'elle était bien plus petite que celles des autres pièces et profondément encastrée dans le mur. Elle était également tout près de la cabine de douche.

— Je l'ai trouvée, annonça Kyle.

Pied-de-biche à la main, il s'approcha de la fenêtre.

Mais il capta un mouvement du coin de l'œil, sur sa droite.

La silhouette, de l'autre côté du verre, avait des contours indistincts. Mais pas de doute, elle remuait.

— *Kyle. Tu es un ami de Max, de Michael et d'Isabel. Ils doivent partir*.

La terreur submergea le jeune homme. Depuis qu'il fréquentait Liz et ses amis extraterrestres, sa vie n'avait plus jamais été la même. Les bizarreries en série avaient d'abord perturbé père, vite obsédé par une affaire jamais résolue dont son propre père s'était jadis occupé. Puis ils avaient appris la vérité au sujet de Max, Michael et Isabel.

Malgré sa peur, Kyle regarda à travers la vitre pour voir qui était tapi dans la cabine. La silhouette lui semblait vaguement familière. D'une main tremblante, il ouvrit la porte de la douche.

Le mort était jeune et il avait été victime d'un accident de la route. Son visage n'était plus qu'un amas de chairs sanguinolentes.

— *Ne t'approche pas d'eux, Kyle*, dit-il. *Leur temps est venu. Ils seront pourchassés. Et tous ceux qui seront en leur compagnie souffriront.*

La peur cloua le jeune homme sur place. Le revenant avança et attrapa les deux bords de la cabine pour sortir.

Kyle recula, mais son pied glissa sur des débris. Il tomba à la renverse en agitant les bras.

Le pied-de-biche fracassa la douche et un éclat de verre entailla l'avant-bras de Kyle.

Le jeune homme s'écroula contre le mur.

Le mort inclina vers lui son visage de cauchemar. Kyle se souvenait de lui, même s'il n'avait pas pensé à lui depuis des années.

— N'approchez pas ! haleta-t-il. *N'approchez pas !*

Le mort se pencha davantage, ses mains laissant des traces sanglantes sur la baignoire.

— Ils vont mourir, Kyle. Nous allons les tuer. Comme tous ceux qui s'allieront à eux.

— Kyle ! cria Quinlann de la pièce à côté.

Le jeune homme entendit un bruit de course.

— N'approchez pas, répéta Kyle.

Quinlann déboula dans la salle de bains et repéra aussitôt son jeune employé.

— Tiens bon, mon garçon, dit-il. Tout va bien.

Il retira sa chemise et l'enroula autour du bras blessé du jeune homme.

— Vous le voyez ? demanda Kyle.

— Qui ? demanda l'entrepreneur.

— L'homme.

— Du calme, mon garçon, dit Quinlann. Tout va très bien se passer.

— Non.

Kyle se débattit, essayant de lever les bras pour se protéger.

Comment son patron pouvait-il ne pas voir le mort ?

— Kyle ! appela Quinlann. Kyle !

Le mort tendit la main vers Kyle, sa paume ensanglantée venant lui couvrir le nez et la bouche.

CHAPITRE XI

Isabel retrouva Jesse à l'admission des urgences. Il avait posé sa veste sur la chaise à côté de lui et regardait par la fenêtre.

Dans le bureau, les deux infirmières s'affairaient.

Le jeune homme dut voir un reflet dans la vitre, car il se retourna tandis qu'Isabel traversait le hall. Il avait encore du sable dans les cheveux et sur ses vêtements. Isabel dut résister à l'envie de lui prendre la main et de s'approcher trop près de lui. Roswell était une petite ville. Si quelqu'un les voyait, il y avait un risque que cette personne saute à la conclusion évidente et fasse un rapport à son père.

— Ça va ? demanda Jesse.

— Oui, répondit Isabel.

Ne pas s'asseoir à côté de lui et ne pas le toucher la torturait. Et c'était pire chaque fois qu'elle le voyait au cabinet.

— Et ton amie ?

— Pas de problème. Elle est un peu sur les nerfs, mais personne n'a été blessé.

Jesse désigna le téléviseur accroché dans un coin.

— Une chaîne locale est sur le coup.

Isabel regarda l'écran et découvrit, stupéfaite, des images du *Crashdown.*

— Ils prétendent que les dégâts ont été provoqués par un esprit frappeur, dit Jesse. C'est dingue, tu ne trouves pas ?

— Oui… (Pour faire oublier son manque de conviction, elle lui posa la question qui lui brûlait la langue.) Mon père sait que tu es là ?

Le jeune avocat hocha la tête.

— Je lui ai dit que j'ai été témoin de l'accident et que je restais pour m'assurer que la femme s'en sortira. Il a très bien compris. Puis il m'a dit que tu étais également à l'hôpital, et il m'a demandé de t'aider en cas de besoin. Il a un rendez-vous qu'il ne peut pas annuler.

Ils murmuraient, un comportement qui rappela à Isabel la clandestinité de leur relation et combien elle était risquée.

Elle plongea son regard dans les yeux sombres de Jesse. Pourquoi n'avait-elle jamais ressenti ça pour un de ses camarades de lycée ? Cette question réveilla sa culpabilité. Parce qu'aucun de ces types n'était Jesse Ramirez !

— Comment va la conductrice ? demanda-t-elle.

— Bien. La police a contacté son mari. Il est à son chevet. Tu te souviens, elle disait qu'elle avait un bébé…

Isabel réprima un frisson en repensant au monstre qu'elle avait vu.

— Oui.

— Elle a eu une petite fille, mais elle était mort-née.

— C'est horrible…

La créature le savait et elle s'était servie de la douleur de la jeune femme. Mais cela n'expliquait pas pourquoi Jesse n'avait rien vu.

— Elle s'en tirera ?

— Oui. Sa plaie à la tête n'est pas très grave. La ceinture et l'airbag l'ont protégée. Mais je me demande ce qui a pu lui faire perdre le contrôle de son véhicule.

Isabel resta silencieuse un moment. Elle savait ce qui avait provoqué l'accident, même si elle ignorait d'où sortait la créature. Mais elle ne pouvait pas en parler à Jesse. Cela lui rappela qu'un gouffre les séparait et elle se demanda comment – et si – il était possible de le combler.

— Isabel, appela doucement Jesse.

Elle le regarda.

— Tout va bien se passer, dit-il.

— Je sais.

Elle aurait voulu le croire, mais il n'avait pas toutes les

données du problème en main. Il ignorait encore tant de chose à son sujet…

— … sur les lieux où, d'après certains témoins, un poltergeist se serait manifesté.

Appuyé au passe-plat, Michael regardait le journaliste, Marty Lackley, faire son numéro. C'était la troisième prise, et il semblait mécontent du travail de Bob.

Mais surtout, il était furieux de la réaction de Nancy Parker qui refusait de les laisser filmer à l'intérieur du restaurant.

Entre Maria et Michael, l'atmosphère s'était un peu détendue – jusqu'à ce qu'elle le voie sourire et se mette en colère. Apparemment, il s'agissait d'une de ces disputes exigeant qu'ils soient malheureux à tout instant, jusqu'à ce que les choses s'arrangent.

Michael ne pensant pas avoir fait quelque chose de mal, il ignorait comment en arriver à ce point. La seule bonne nouvelle ? L'équipe que Nancy Parker avait appelée était arrivée et se chargeait du déblaiement des débris. Les hommes ne voulaient personne dans leurs jambes pendant qu'ils s'occupaient des fenêtres et de l'installation électrique.

Michael regarda la foule, toujours rassemblée de l'autre côté de la rue. A mesure que des badauds s'en allaient, d'autres les remplaçaient pour avoir une chance d'être interviewés par la télé.

Un des ouvriers sortit par une vitre cassée et devint aussitôt la cible des journalistes.

Marty se précipita vers lui et fit signe à Bob de le suivre. Le journaliste intercepta l'homme, annonça son nom et celui de sa chaîne et lui fourra son micro sous le nez.

— Pouvez-vous nous dire si la rumeur est vraie ? Votre entreprise a-t-elle été engagée pour dégager les tombes situées sous les fondations ?

Michael regarda l'ouvrier réfléchir.

— Ce n'est pas mon entreprise, répondit-il. Et il n'y a pas…

— Avez-vous vu le fantôme ? demanda Marty.

L'homme hésita et jeta un regard noir à la caméra.

— Je…

— Les dégâts sont-ils importants ?

— J'ai vu pire.

Son patron avança au milieu de la salle et cria :

— Kenny ! J'ai besoin de ces outils ! Maintenant !

Marty considéra ça comme une ouverture exploitable pour entrer dans le *Crashdown*.

— C'est vous le contremaître ? demanda-t-il, s'approchant de la fenêtre. Je…

— Si vous mettez un pied dans mon restaurant, je vous fais arrêter, dit Nancy Parker en sortant de la cuisine.

Le journaliste recula.

— Les médias sont là pour diffuser la vérité, madame Parker. Vous n'avez pas le droit de nous la cacher.

— Oh, vraiment, monsieur Lackley ? C'est vraiment ce que vous voulez ? Faire savoir à tout le monde que le *Crashdown Café* est hanté ? Parce que ce serait de la diffamation, et je crois que l'avocat de mon mari serait d'accord avec moi.

— Je n'ai pas dit ça. Mais *vous* l'avez dit ! (Baissant la voix, il demanda au cameraman.) Tu as pris ça, Bob ?

— Sûr ! Marty Lackley en train de parler de fantôme, la chaîne ne doit surtout pas manquer ça. Avec ce genre de publicité, tu devrais bientôt présenter *Survivor : La Maison Hantée*.

Jim Valenti entra dans le champ de vision du journaliste. Malgré sa barbe de trois jours, il restait un parangon d'autorité. Même s'il ne portait plus l'étoile, sa forte personnalité demeurait.

— Si j'étais vous, dit-il sans hausser le ton, j'obéirais à la dame.

— Vous n'avez aucune autorité ici. Vous n'êtes plus shérif.

— En effet… Mais j'ai le droit de vous donner un conseil, et je crois qu'un type aussi intelligent que vous le suivra. Dans le cas contraire, je me verrais dans l'obligation de vous jeter dehors. (Valenti eut un petit sourire glacial.) C'est une promesse !

Un instant, Michael crut que le journaliste allait penser que Valenti bluffait. Le jeune homme, qui connaissait l'ancien shérif depuis des années, savait que ça n'était pas le cas.

— Hé, Marty, dit Bob le cameraman avec un rien d'amusement dans la voix. Je continue de filmer ? Les producteurs seraient sans doute emballés si tu te faisais jeter en taule !

Le journaliste fit mine de fourrer son micro sous le nez de Valenti, puis se ravisa et tourna les talons.

— Merci, Jim, dit Nancy Parker.

— Il n'y a pas de quoi, madame. Je peux entrer ?

— Bien sûr.

— Auriez-vous une minute à m'accorder ?

Nancy hocha la tête.

Valenti s'entretint avec elle à voix basse.

— Hé ! appela Maria.

Michael se tourna vers elle.

— Remue-toi un peu !

— Pourquoi ? Je dois bientôt retrouver Max et Isabel. Remettre ça à plus tard ne me dérangerait pas.

— Si tu te dépêchais de finir, nous aurions un peu de temps devant nous avant l'arrivée des autres.

— Tu n'es plus fâchée ?

— Plus trop…

Plus trop, autrement dit, il faudra négocier jusqu'à l'épuisement total des deux parties, traduisit-il.

— Michael ! lança Valenti.

Le jeune homme se tourna vers l'ancien shérif et attendit.

— Mme Parker dit qu'elle peut se passer de toi. Puisque tu es libre, j'aimerais que tu m'accompagnes.

— Pourquoi ?

— Parce que tu as une excellente mémoire des visages et que tu étais là pendant l'affaire. Nous pourrons peut-être mettre la main sur un éventuel complice.

Accompagner Valenti pour chercher un complice imaginaire ? Ou rester et me faire engueuler par Maria ?

— J'arrive !

Michael retira son tablier et le jeta sur le passe-plat.

— *Michael !* cria Maria. Et pour ce soir ?

— Ça attendra. (Il marqua une pause.) Oh, et si vous arrivez avant moi, faites comme chez vous.

Il rejoignit Valenti, sentant le regard de Maria jeter des éclairs dans son dos. Tant pis ! Il avait besoin de s'éloigner du restaurant.

De plus, Valenti n'était sans doute pas passé par hasard.

Valenti ne dit rien alors qu'ils quittaient le *Crashdown* et passaient devant les journalistes rassemblés comme un vol de charognards autour d'un animal écrasé. Michael le suivit et prit place sur le siège du passager.

L'ancien shérif démarra.

Michael lui jeta un coup d'œil, puis vit le gros dossier posé entre eux, sur le siège.

— Un complice ?

— Tu as vu un homme, avec Wilkins, pas vrai ?

Michael ne répondit pas, se contentant de regarder la route. Valenti se dirigeait vers l'est de la ville, et il regardait sans cesse dans le rétroviseur.

— Vous attendez de la compagnie ? demanda Michael.

— Chaque fois qu'une affaire est liée à tes amis et à toi, je m'attends à voir débarquer des agents du gouvernement. Et je n'aime pas les surprises.

Michael ne fit aucun commentaire.

— J'ai parlé à Liz, à l'hôpital. Elle m'a dit que c'est le deuxième fantôme que tu vois en peu de temps.

— Si ce sont bien des fantômes.

— Que pourraient-ils être d'autre ?

— Je ne crois pas aux fantômes.

— As-tu vu l'homme qui pourchassait Leroy Wilkins ?

— Oui.

De sa main libre, l'ancien shérif ouvrit le dossier et en sortit une photo noir et blanc, qu'il tendit à Michael.

— C'était ce type ?

Michael regarda le cliché. L'homme avait environ quarante ans. Son visage était buriné, comme s'il passait son temps à affronter les éléments. Son trait le plus distinctif restait le bandeau qu'il portait sur l'œil.

— C'est l'homme que tu as vu ? demanda Valenti.

— Oui, répondit Michael. Qui est-ce ?

— Terrell Swanson. Disparu il y a trente ans. Mon père pensait qu'il était mort. Parle-moi de l'autre fantôme que tu as vu.

— C'était le père de Tiller Osborne.

— J'ai entendu cette histoire. Bulmer a conduit Tiller à l'hôpital de Roswell. Les médecins ont dû le mettre sous sédatif pour qu'il se calme. C'était vraiment son père ?

— Je ne sais pas… Je n'ai jamais beaucoup fait attention à lui. Mais Tiller semblait en être convaincu.

— Si quelqu'un pouvait le reconnaître, c'était bien lui. Que s'est-il passé ?

Michael raconta les événements de cette étrange soirée dans le désert.

— Une décharge d'électricité ? demanda Valenti quand il eut terminé son récit.

— Ouais…

— Tu vois une raison à ça ?

— Non.

— Personne d'autre que toi et la victime n'a vu le fantôme, aujourd'hui et cette nuit-là ?

— Non.

— Pourquoi, d'après toi ?

— Ça ne tombe pas sous le sens ?

— Hum, oui, soupira Valenti. Je peux sentir une décharge d'électricité, même si je suis incapable de voir le fantôme…

Il feuilleta le dossier et y rangea la photographie de Swanson.

Ils roulèrent en silence un moment.

— Tu ne veux pas savoir où je t'emmène ? demanda finalement Valenti à son passager.

— Je le sais, répondit Michael.

— Tu crois ?

— Chez Wilkins. Je vous ai vu vérifier l'adresse.

Valenti eut un sourire sans joie. Il prit la première route à droite, à la sortie de la ville. En réalité, c'était un chemin de terre. A l'entrée, des gamins vendaient les produits de leur ferme avec leurs grands-parents. L'ancien shérif klaxonna et leur fit un signe de la main.

— Tu sais pourquoi je t'emmène là-bas ? demanda-t-il à Michael.

— Parce que je vois des morts…

CHAPITRE XII

Max se gara à quelques pâtés de maisons du *Crashdown Café*, devant une épicerie, traversa la rue et entra dans une cabine téléphonique.

Il inséra sa carte dans l'appareil et composa le numéro du portable de sa sœur. D'un regard anxieux, il observa la scène qui se déroulait devant le restaurant.

Isabel répondit à la quatrième sonnerie.

— Pourquoi as-tu mis si longtemps ? demanda-t-il.

— Max ?

— Oui. Je sais ce qui s'est passé au *Crashdown*. Et pour le fantôme.

— Qui t'en a parlé ? demanda Isabel.

— J'ai vu quelques fantômes, moi aussi... Liz va bien ? J'ai entendu dire qu'elle était à l'hôpital.

— Liz va bien. Il faut que nous parlions.

— Je sais. J'ignore ce qui s'est passé au *Crashdown*, mais ces fantômes sont réels. Ce ne sont peut-être pas des fantômes, d'ailleurs.

— Je sais. J'en ai vu aussi.

— Où ? demanda Max. Au *Crashdown* ?

— Non. Ailleurs... Nous devons nous réunir quelque part, Max.

— Ce soir, sans faute. Où es-tu ?

— A l'hôpital.

— Tu vas bien ?

— Oui.

Mais elle n'avait pas l'air d'être en forme. Max entendait

de l'anxiété et de l'incertitude dans sa voix, et ça n'était pas des sentiments qu'il associait à Isabel Evans.

— Michael est avec toi ?

— Non. Il était au *Crashdown*, mais Maria a appelé il y a quelques minutes pour dire qu'il était parti avec Valenti.

— Où sont-ils allés ?

— Maria n'en savait rien.

Max savait qu'il devait faire quelque chose, mais il ignorait quoi. Ayant assuré Isabel qu'il arrivait, il raccrocha et remonta dans sa voiture.

— Donc, ce type était un chercheur d'uranium ? demanda Michael quand l'ancien shérif se gara devant chez Leroy Wilkins.

Valenti jeta un coup d'œil à la maison de trois étages.

— Oui… L'un des rats du désert les plus chanceux que la terre ait jamais porté. Son père aussi était mineur. C'est lui qui lui a tout appris. Le vieux Wilkins cherchait de l'uranium pour le gouvernement à l'époque des tests sur les armes nucléaires, dans les années quarante et cinquante. On trouve à Grants une mine-musée à laquelle il a largement contribué.

Michael étudia la maison. Des arbres avaient poussé autour. La peinture s'écaillait, lui donnant un aspect insalubre. Des tuiles gisaient au milieu du jardin envahi par les mauvaises herbes. Si le toit ne fuyait pas encore, ce n'était qu'une question de temps. La balustrade qui faisait le tour du porche était descellée par endroits et rouillée à d'autres. Visiblement, Wilkins n'était pas un bricoleur.

— On ne dirait pas que c'était un as, à voir l'état de sa baraque.

Valenti descendit de son véhicule.

— C'est de l'histoire ancienne… Leroy Wilkins était un des derniers prospecteurs à la vieille mode de l'Ouest.

Michael regarda deux aigles décrire des cercles paresseux dans le ciel.

— Il a eu suffisamment de chance pour pouvoir acheter

cette maison, continua Valenti. Et pour y donner des réceptions. Mais c'est aussi un joueur invétéré, incapable d'avoir un sou en poche. Il a failli tout perdre à cause de ses impôts en retard.

Michael suivit l'ancien shérif, qui se dirigeait vers la porte d'entrée.

— Et en dépit de sa manière de claquer le fric, il ne s'est jamais fait d'amis…

Les bottes de Valenti résonnèrent sur le porche.

— Vous avez dit qu'il a tué son associé. C'est peut-être pour ça qu'il n'a pas d'amis.

Valenti essaya la porte d'entrée. Elle était fermée.

— Je n'ai jamais dit que Wilkins avait tué son associé. Seulement que Terrell Swanson avait disparu.

— Mais il n'a jamais remontré le bout de son nez ? demanda Michael.

— Exact…

— Pourquoi Wilkins l'aurait-il tué ?

Valenti jeta un coup d'œil à travers une vitre.

— Parce qu'ils ont trouvé un gros filon. Et chacun avait fait un testament pour léguer sa moitié de la découverte à l'autre. A l'époque, ce genre de procédé était monnaie courante. Dans la plus pure tradition de l'Ouest.

Soudain très las, Michael s'appuya à une partie du porche qui semblait pouvoir supporter son poids.

— Reste concentré ! Tu es notre sentinelle…

— Si je vois un fantôme, je crierai.

— Parfait, fit l'ancien shérif, ça me va !

Il descendit du porche et se dirigea vers le garage, creusé dans la colline qui surélevait les fondations de la maison.

A contrecœur, Michael le suivit.

— Que faisons-nous ici ?

— Nous suivons une piste.

— Parce que nous en avons une ? J'ai dû rater un épisode.

— Le fantôme de Swanson.

— C'est une piste ?

Valenti s'arrêta devant la porte du garage et se tourna vers Michael.

— Comment as-tu vu le fantôme de Swanson ?

Michael cligna des yeux, car il ne comprenait pas très bien la question.

— Bon, écoute-moi… Wilkins est arrivé au *Crashdown* en beuglant qu'il était pourchassé par un fantôme que personne d'autre ne voyait. Personne, sauf toi. Et tu as également vu celui du père de Tiller Osborne. Pourquoi ?

Michael ne jugea pas utile de répliquer. Ils connaissaient tous deux la réponse à cette question.

— Ce que je me demande, c'est pourquoi le fantôme d'Osborne est venu au camp, et par quelle coïncidence Wilkins a atterri aujourd'hui au *Crashdown* ?

— Ce matin, Liz a surpris sa mère en grande conversation avec sa grand-mère, qui est décédée.

Valenti plissa les yeux.

— Elle ne m'a pas parlé de ça quand je l'ai vue.

— Elle ne veut pas que ça se sache.

— Bien, mais ça te laisse dans l'œil du cyclone, observa Valenti.

— Isabel aussi a vu un fantôme.

— Où ?

— Je ne sais pas…

— Et Max ?

— Je ne l'ai pas vu depuis hier.

— Ça nous fait trois fantômes. Mais celui de Swanson est le seul sur qui nous pouvons enquêter.

Michael regarda la maison.

— Et ça commence ici ?

— Oui.

Constatant que le garage était fermé, Valenti alla chercher un pied-de-biche dans sa voiture.

— Pourquoi ? demanda Michael.

Valenti glissa son outil sous le verrou.

— Wilkins quittait rarement sa maison. Il se faisait

livrer sa nourriture. Et même ses vêtements. Je suis curieux de savoir ce qui l'a poussé à la fuir et à courir vers le *Crashdown*.

Il appuya de tout son poids sur le pied-de-biche et fit sauter le verrou.

— Ça s'appelle entrer par effraction, dit Michael. Je vous croyais respectueux des lois.

— Je ne suis plus un représentant de la loi.

L'amertume de l'ancien shérif n'échappa pas à Michael.

— Donne-moi un coup de main, dit Valenti en s'asseyant sur les talons pour glisser son pied-de-biche sous la porte.

Michael se baissa pour l'aider. Un instant, l'image d'une créature étrange et terrifiante qui les attendait, tapie dans le noir, s'imposa à lui. Il la chassa et banda ses muscles.

La porte du garage se souleva avec un grincement sinistre. Une bouffée d'air vicié agressa Michael, envahissant ses narines et lui coupant un instant le souffle.

Pourquoi ai-je l'impression d'ouvrir une crypte ?

Le garage abritait une ancienne jeep Willis qui avait été vert olive avant d'être repeinte en orange. La couleur n'ayant pas tenu, de grandes taches vertes apparaissaient aux endroits où l'autre avait pelé. Au fond du garage et sur un mur, des étagères croulaient sous le matériel de prospection et les échantillons.

Valenti allait entrer dans le garage quand le moteur pétaradant d'une motocyclette le fit sursauter.

S'étant assuré que la porte était calée en position ouverte, Michael se retourna. Une motocyclette jaune couverte de poussière s'arrêta dans la cour, à une trentaine de mètres. Son conducteur semblait trop frêle pour la manier. Il portait un casque et sa combinaison noire ne donnait aucune indication sur son identité.

— Tu le vois aussi ? demanda Valenti.

— Oui, répondit Michael. Ce n'est pas un fantôme.

— Tu en es sûr ?

— Oui. Quand un fantôme apparaît, il y a cette décharge d'électricité dont je vous ai parlé.

— Ce n'est donc pas un fantôme, conclut Valenti. Bien.

— Pas si sûr, répondit Michael. Nous sommes sur une propriété privée, nous avons forcé une porte, et nous venons d'être pris en flagrant délit.

Max s'arrêta sur le seuil de la salle d'attente et regarda Liz. Elle était si près, mais pour lui elle aurait tout aussi bien pu être à des années-lumières.

Soudain, comme si elle avait senti sa présence, Liz se tourna vers lui.

Le regard de Max rencontra celui de son amie et frissonna comme chaque fois que leurs yeux se croisaient. Tess n'avait jamais pu lui faire oublier ses sentiments pour Liz. Pendant un moment, elle avait réussi à les mettre en sourdine en jouant sur sa faiblesse : le besoin d'en savoir plus sur son monde d'origine.

Max traversa la pièce.

— Je suis venu dès que j'ai su. Ça va ?

— Oui...

Max hocha la tête et se creusa désespérément la cervelle pour trouver quelque chose à ajouter.

— Et ton père ? J'ai entendu dire qu'il était à l'hôpital.

Liz désigna une silhouette, à l'autre bout de la pièce. Jeff Parker était au téléphone.

— Tout le monde s'en est sorti indemne, dit Liz.

Puis elle lui raconta ce qui s'était passé et précisa que Michael avait vu un fantôme.

— On m'a dit qu'il était avec Valenti, fit Max. Tu sais pourquoi ?

Liz secoua la tête.

— Je crois que le shérif voulait enquêter sur le fantôme que Michael et Wilkins ont vu. Il s'appelait Terrell Swanson et il a disparu, il y a trente ans. Le père de Valenti était persuadé que Wilkins l'avait tué.

— Donc, le spectre était *réel* ?

Max repensa au guerrier fantôme. Chien de Rivière ignorait à quoi ressemblait son ancêtre, mais Cathy avait reconnu son grand-père, Henry Chante Corbeau.

— Max, dit Liz, les fantômes n'existent pas. Alors, dire qu'ils sont *réels*…

— Je sais…

Max se souvint de celui qu'il avait vu à Noël, l'année précédente. Il avait laissé mourir cet homme, alors qu'il avait donné sa vie pour sauver sa fille. L'esprit l'avait hanté pendant des jours, jusqu'à ce que Michael et lui aillent à l'hôpital de Phœnix et qu'il guérisse tous les enfants d'un service de cancérologie.

— C'était différent, assura Liz en lui caressant la joue.

Max la regarda, ébahi qu'elle ait deviné ses pensées. Si elle était capable de ça, comment pouvait-elle ignorer à quel point il l'aimait ?

Elle sait combien je l'aime, comprit-il. *Mais elle refuse de se fier à cet amour. Pas après Tess.*

— Tu ignores si c'était un fantôme, rappela Liz.

Elle avait raison. Il ignorait si le fantôme était réel ou si son sentiment de culpabilité avait provoqué son apparition.

— Ces choses sont réelles, insista-t-il.

La jeune fille écarquilla les yeux.

— Tu en as vu un, toi aussi ?

Max lui parla des fantômes qu'il avait observés à la réserve mesaliko.

— Que faisais-tu là-bas ? demanda Liz.

Mais elle se doutait déjà de la réponse. Elle recula. Même s'ils étaient à quelques centimètres l'un de l'autre, un gouffre les séparait.

— Je cherchais un moyen de retrouver mon fils, répondit-il.

S'il lui avait menti, elle l'aurait deviné ! Et elle lui en aurait voulu.

— Et tu en as trouvé un ?

— Non.

— Je suis désolée.

— Je continuerai à chercher.

Liz ne fit pas de commentaires.

— Je voulais que tu le saches, ajouta Max.

Je désire que nous restions honnêtes l'un envers l'autre.

Quand Liz reprit la parole, sa voix était très douce.

— Je le savais déjà, Max. Et je n'en attendais pas moins de toi. Mais ça ne facilite pas les choses entre nous.

— Je sais…, murmura-t-il.

Isabel regarda la voiture de Jesse disparaître avec l'impression qu'il emportait une partie d'elle-même. C'était toujours la même chose, et le sentiment de solitude était de plus en plus difficile à supporter.

Que ferait-elle quand elle n'y arriverait plus ?

Isabel n'en avait aucune idée, et ça la terrorisait. Elle avait toujours tout contrôlé dans sa vie. Tout était parfaitement organisé, comme rangé dans des boîtes. Il y en avait une pour la maison, une autre pour l'école et même une pour Noël. Son secret était d'avoir pu garder leurs contenus séparés. Comme ça, il n'y avait jamais de conflits.

Max semblait être destiné à vivre des conflits.

Pour lui, l'amour n'était pas une chose facile.

Michael était un expert des épreuves et de la confrontation. La plupart des gens devaient croire que l'amour ne serait jamais un problème pour lui. Mais sa relation avec Maria n'avait rien de facile…

Max était un des hommes les plus soucieux du bonheur d'autrui qu'Isabel connaissait, même si elle ne le lui dirait sans doute jamais.

Michael était un des plus égocentriques et elle ne se gênait pas de lui faire remarquer chaque fois que l'occasion se présentait.

Max et Michael étaient deux extrêmes dans ce domaine. Pourtant, ni l'un ni l'autre ne pouvaient avoir une relation amoureuse sans souffrir.

Isabel retourna dans l'hôpital et se dirigea vers la salle

d'attente des urgences. Elle s'arrêta sur le seuil en découvrant que Max était avec Liz.

Ils se tenaient à quelques centimètres l'un de l'autre, mais ne se touchaient pas. Pour la première fois, elle comprit quel chagrin éprouvait son frère.

Etre si proches... et pourtant... désunis.

Kyle était assis sur un lit d'hôpital. Un médecin examinait sa blessure.

— Vous avez eu de la chance, dit le docteur Bohr en appuyant délicatement sur les bords de la plaie.

— Comment ça ?

Kyle ne se sentait pas particulièrement chanceux. Et il évitait de regarder la plaie. La chair tailladée et le sang lui rappelaient trop le fantôme – ou l'hallucination – qu'il avait vu.

— C'est une plaie longue et profonde, répondit le docteur Bohr. Mais aucun tendon n'a été endommagé. Quelques points...

— Des points ? s'étrangla Kyle.

Le médecin n'avait pas trente ans et il portait un T-shirt Rey Zero sous son pyjama bleu.

Il regarda le jeune homme par-dessus ses lunettes et sourit.

— Des points, répéta-t-il. Nous pouvons les appeler des sutures, si vous préférez.

— Et si nous les appelions des pansements ? proposa Kyle.

— Non, impossible de poser simplement des strips. Je vais demander à une infirmière de s'occuper de vous. Dès que votre bras sera anesthésié, je vous ferai... oh, huit points devraient suffire.

— Ouais, grommela Kyle en ramenant délicatement son bras contre lui avec sa main valide.

— Voulez-vous que je prévienne votre père ? demanda le médecin.

— Il est ici ?

— Je pensais que l'homme qui vous a amené…

— Ce n'est pas mon père, répondit Kyle, surpris d'éprouver un tel ressentiment. Juste mon patron.

— Navré… Je reviens dans quelques minutes.

— D'accord.

Dès que le médecin eut disparu, Quinlann passa la tête entre les pans du rideau.

— Tu veux un peu de compagnie, mon garçon ?

— Depuis le temps que je poireaute, je suis surpris que vous soyez encore là.

— Je t'ai conduit ici. Je voulais m'assurer que tu rentrerais chez toi sans encombre.

Kyle sentit son estomac se nouer.

— Vous n'avez pas réussi à joindre mon père, c'est ça ?

— J'ai laissé un message sur le répondeur…

Kyle s'installa plus confortablement et se résigna à attendre. S'il était mécontent de l'absence de son père, il devait s'efforcer de ne pas le montrer.

Logique… N'importe quel autre jour de la semaine, papa aurait été vautré devant la télé, une bière à la main.

Il sentit de la bile lui remonter dans la gorge. Le comportement de son père, qui ne faisait pas mine de chercher du travail, commençait à le mettre hors de lui.

— Ça va ? demanda Quinlann.

— Ouais, mentit Kyle. C'est juste mon bras.

— Pas beau à voir, hein ?

— Le docteur dit que ce n'est pas aussi méchant que ça en à l'air.

— Bien. Je ne voudrais pas que ton père me demande des comptes.

— Ce n'est pas votre faute.

— Le médecin t'a dit combien de temps tu n'auras pas l'usage de ton bras ?

— Je reprendrai le travail dès que je serai sorti d'ici, répondit Kyle.

L'entrepreneur éclata de rire.

— T'en as dans le ventre, petit, faut te laisser ça ! Mais

quand ils auront fini de recoudre ce bras, tu seras surpris de découvrir à quel point ça fait mal. Je prendrai quelqu'un pour te remplacer pendant deux ou trois jours.

— C'est inutile !

Je ne peux pas me le permettre. Les factures s'entassent et papa ne les voit même plus.

Kyle savait qu'il n'aurait pas dû en vouloir à son père, qui vivait un enfer à cause de Max, Michael, Isabel et Tess. Il avait perdu son boulot parce qu'il avait pris fait et cause pour les extraterrestres de Roswell. La trahison de Tess, la meurtrière d'Alex, lui avait porté un coup fatal.

— Tu prendras deux jours de repos, mon garçon, décida Quinlann. Après, on verra.

Kyle savait qu'il aurait dû être content d'avoir un patron si compréhensif. Mais il allait toucher une paye ridicule…

— Si c'est possible, j'aimerais rattraper le temps perdu.

— Quel temps perdu ? Tu as été blessé sur un chantier, petit, alors les assurances et moi, nous nous occupons de toi.

Rassuré, Kyle s'allongea et tenta de se détendre.

Et de ne pas se demander où était son père !

Alors que la douleur se calmait, il entendit quelqu'un crier dans le lit placé à côté du sien.

CHAPITRE XIII

Michael regardait le motard casqué. A en juger par sa taille en comparaison avec celle de son engin, ce devait être un gosse.

Valenti s'avança, laissant pendre le pied-de-biche contre sa jambe pour le dissimuler.

— Salut ! dit-il avec un signe de la main. Ce n'est pas ce que vous croyez.

Le motard coupa son moteur, retira son casque et secoua sa queue-de-cheval.

C'était une jeune fille au visage constellé de taches de rousseur. Son appareil dentaire brilla au soleil quand elle sourit.

— Si je ne vous connaissais pas, shérif, dit-elle, je filerais à la maison appeler la police.

Valenti sourit.

— Content que tu me connaisses, alors, Kelli.

— Mais je sais que vous n'êtes plus shérif. Et je suppose que vous avez fracturé le garage de M. Wilkins avec ce pied-de-biche. Alors, j'aimerais savoir ce que le beau mec et vous faites ici.

Valenti regarda Michael.

Beau mec ? pensa celui-ci, plutôt embarrassé.

La fille avait une douzaine d'années, mais elle jouait très bien les adultes.

— Il y a eu un accident, en ville, expliqua Valenti.

— Je sais. J'ai vu le flash spécial, après déjeuner. En plein milieu du match de base-ball. Après, il y a eu tellement d'interruptions que j'ai décidé d'aller faire un tour. Je regarderai le résultat plus tard. (Elle marqua une pause.) Ça ne m'explique pas ce que vous faites ici.

Cette gosse est intelligente, pensa Michael. *Et parfaitement odieuse.*

— Wilkins va passer pas mal de temps à l'hosto, et je sais qu'il a des perruches. Alors, comme il n'a aucune famille…

Kelli descendit de sa moto.

— Je peux vous aider, proposa-t-elle.

— Nous aider ? répéta Valenti.

A son ton, Michael comprit que c'était la dernière chose qu'il voulait.

— M. Wilkins m'emploie parfois pour faire le ménage et m'occuper des oiseaux.

— Je l'ignorais…

— C'est comme ça que j'ai pu me payer la moto, dit Kelli. Je suis surprise que vous vous soyez souvenu des oiseaux. J'étais justement venu les voir.

— Tu as une clé ? demanda Michael.

Kelli leva les yeux au ciel.

— On n'a pas toujours besoin d'une clé pour entrer dans une maison. (Elle jeta un coup d'œil à l'outil que tenait toujours Valenti.) Ni d'un pied-de-biche.

— Je n'ai pas l'habitude d'entrer par effraction chez les gens. Jusqu'à maintenant, j'étais censé empêcher ce genre de chose.

— Eh ben, je peux vous dire que vous êtes nul ! Mais puisque le boulot est fait…

— Merci, répondit Valenti. Je crois.

Kelli s'avança et s'arrêta avant de s'enfoncer dans l'obscurité.

— Le beau mec et vous, vous avez pensé à apporter une lampe ?

— J'en ai une dans ma voiture.

— Pas la peine, dit Kelli. J'en ai une.

Elle sortit une torche de la poche de sa veste.

Michael fut impressionné, mais il n'en laissa rien paraître.

— Tu vois Wilkins tous les jours ? demanda Valenti à la jeune fille.

— Trois fois par semaine. Il n'est pas aussi riche que les gens le croient.

— Ouais, je sais.

Kelli éclaira les caisses avec sa lampe.

— Et vous saviez que M. Wilkins continuait à prospecter ?

— Oui, répondit de nouveau Valenti. Je l'ai trouvé plusieurs fois dans le désert, dans sa jeep ou sa voiture à trois roues. Chaque fois, je m'assurais qu'il avait de l'eau et qu'il allait bien.

— M. Wilkins sait se débrouiller seul dans le désert, dit Kelli. C'est avec les gens qu'il n'est pas à l'aise. Il n'aime pas aller en ville.

— Pourtant, il y est allé, aujourd'hui, rappela Michael.

Il regarda les caisses et les échantillons de roches et se demanda qui pouvait s'intéresser à des trucs pareils. A ses yeux, ils se ressemblaient tous.

— Wilkins allait parfois à Roswell, dit Valenti.

— C'est vrai, répondit Kelli en se tournant vers la maison.

— C'était prévu qu'il y aille aujourd'hui ?

— Non.

— Tu en es sûre ?

— Ouais ! Il me demande toujours de venir garder sa maison quand il doit s'absenter. Je suis une des rares personnes à qui il fait confiance. Pendant l'année scolaire, il attend que je rentre de cours pour s'absenter.

— Donc, ou Wilkins est allé à Roswell pour voir quelqu'un, dit Michael, ou quelque chose l'a chassé de chez lui.

Kelli se tourna vers lui et lui braqua sa torche dans les yeux. Il leva une main pour se protéger.

— Oups, désolée ! s'excusa-t-elle. Dis, tu ne travailles pas au *Crashdown* ?

— Si. Quand je ne donne pas un coup de main à Valenti pour cambrioler les maisons de vieux messieurs pleins aux as…

Kelli éclata de rire.

— Je savais bien que vous n'étiez pas là pour les oiseaux.

Valenti eut l'air franchement mal à l'aise.

— Non. C'était une couverture…

— Alors, c'est quoi, la vraie raison ?

— Au *Crashdown*, Wilkins a dit qu'il était traqué par un fantôme, répondit Michael.

— C'est ce qu'il t'a raconté, œil de braise ?

— Pas à moi, répondit Michael. A mon amie. Mais j'étais à côté d'elle.

— Il vous a dit qui c'était ?

— Swanson, répondit le jeune homme, ignorant le regard furibond de Valenti.

— Les journalistes n'ont rien dit à ce sujet.

— C'est une info confidentielle, révéla l'ancien shérif.

— Vous voulez dire, au cas où quelqu'un aurait fait peur à M. Wilkins histoire d'avoir le champ libre pour le cambrioler ?

Michael n'avait pas pensé à ça, mais la conclusion semblait logique… et leur donnait une ouverture pour continuer à poser des questions.

— Oui, répondit-il.

— Ça n'explique pas pourquoi un ancien shérif et un cuistot mènent l'enquête.

— Le nouveau shérif ne s'intéresse pas aux histoires de fantômes, répondit Valenti.

— Vous, si ?

— Il en a assez de regarder la télé, dit Michael.

— Et toi ?

— Tu crois que j'ai envie de passer ma vie à retourner des steaks sur un gril ?

— Et tu comptes t'en sortir comment ?

Michael lui sourit.

— En devenant chasseur de fantômes.

— Cool !

Valenti grimaça. Michael pensa qu'il ne devait pas beaucoup apprécier cette nouvelle couverture.

— Wilkins agissait-il bizarrement, ces derniers temps ? demanda l'ancien shérif à Kelli.

— M. Wilkins ne fait jamais rien comme personne. (Elle désigna les caisses avec sa lampe.) Je veux dire, vous connaissez beaucoup de types qui collectionnent les cailloux ?

Michael reconnut qu'elle marquait un point.

Valenti désigna les deux portes intérieures du garage.

— Où mènent-elles ?

— Celle de gauche à un escalier qui monte vers la maison, et celle de droite à l'atelier.

— Et il y a quoi, dans l'atelier ?

— M. Wilkins ne m'y a jamais laissée entrer.

— Et tu n'as pas essayé de jeter un coup d'œil ? demanda Michael. Je croyais que tu n'avais pas besoin de clé pour t'introduire quelque part.

Kelli lui lança un regard indigné très réussi. Maria n'aurait pas fait mieux !

— Non, répondit-elle. Je respecte sa vie privée.

Valenti avança vers la porte de droite.

— Quelqu'un n'a pas eu autant de scrupules, dit-il, se baissant pour ramasser un cadenas sur le sol. Prête-moi ta lampe.

Kelli lui tendit la torche.

Valenti regarda le mécanisme du cadenas.

— Il ne semble pas avoir été forcé.

— Wilkins a peut-être oublié de le remettre, avança Michael.

— M. Wilkins n'aurait jamais fait ça, dit Kelli. Ce qu'il y avait dans cette pièce était important pour lui.

— *Etait ?* fit le jeune homme.

— Si la porte est ouverte, tu peux parier que ça n'y est plus !

— On verra, dit Valenti. (Gardant la lampe, il resserra sa prise sur le pied-de-biche et regarda Michael.) Veille sur elle.

Le jeune homme prit la gamine par le coude, l'obligeant à reculer. Elle eut beau gesticuler, il la tira à l'abri derrière la jeep.

— Qu'est-ce que tu fais ? protesta Kelli.

Elle serra les poings et lui boxa la poitrine.

— Calme-toi, dit Michael en l'attrapant par les poignets avant qu'elle n'ait réussi à lui faire mal.

— Vous n'avez pas le droit de prendre ma lampe !

Génial, pensa Michael. *Si c'était pour entendre hurler, j'aurais pu rester au* Crashdown.

Jetant un coup d'œil par-dessus son épaule, il vit Valenti entrer dans l'atelier. Le faisceau lumineux déchira l'obscurité.

— Hé, appela Michael. Faites vite, avant que cette furie me casse les oreilles !

Le faisceau lumineux resta immobile un instant, puis Valenti se tourna vers eux.

— Il faut voir ça pour le croire, dit-il.

Avant que Michael n'ait eu le temps de répondre, il sentit l'électricité s'accumuler. Un vent venu de nulle part s'engouffra dans le garage, soulevant une poussière qui lui piqua les yeux.

Kelli hurla. Elle n'avait plus envie d'échapper à Michael et s'agrippait à lui de toutes ses forces.

Malgré la poussière, le jeune homme vit la silhouette monstrueuse qui se dressait derrière Valenti.

— Ma chérie…

Tirée de sa rêverie, Liz leva la tête et regarda son père.

— Oui, papa ?

Jeff Parker avait l'air épuisé. La saison touristique était toujours un mauvais moment à passer.

— Rentre au *Crashdown*. Le shérif vient de me dire qu'il n'avait plus de question à te poser.

— Maman a besoin de quelque chose ? demanda Liz en se levant.

— J'avoue ne pas avoir pensé à lui poser la question…

— Pas grave ! Je le ferai et je lui dirai que c'est toi qui me l'as suggéré.

Jeff Parker sourit.

— Merci.

— Pas de problème. Ça va aller ?

— Oui, ne t'inquiète pas. Dis à maman que je rentrerai bientôt.

Liz hocha la tête. Regardant autour d'elle, elle vit Max et Isabel bavarder à voix basses près des distributeurs de boissons. Isabel était arrivée quelques minutes plus tôt. Ils ne voulaient peut-être pas que Jeff Parker surprenne leur conversation, mais Liz était certaine qu'ils s'étaient aussi isolés à cause d'elle.

Voilà que je tourne parano ! Je viens de réserver un accueil plutôt froid à Max – on ne peut pas dire que je lui ai facilité la tâche alors qu'il essayait de continuer la conversation…

Elle avait essayé. Vraiment. Mais elle voyait sans cesse Tess. Elle entendait sa voix. Il y avait aussi toutes ces images de Tess et de Max, ensemble. Elle les avait vus au lycée, pas dans l'intimité, mais elle avait assez d'imagination pour remplir les blancs.

Le portable de Jeff Parker sonna. Il fit un signe de la main à sa fille et le sortit de sa poche.

Il me dit au revoir ou me demande de partir ?

Elle ne savait pas ce qui était le plus acceptable, dans ce contexte.

Max se tourna vers elle, comme s'il avait senti qu'elle s'en allait. Elle croisa ses yeux sombres et se sentit attirée vers lui. Résistant à cette pulsion, elle lui désigna la sortie.

Max dit quelques mots à Isabel, puis il la rejoignit.

— Que se passe-t-il ? demanda-t-il.

— Papa dit que je dois rentrer et voir si je peux me rendre utile au *Crashdown.*

— Je peux te raccompagner en voiture…

— Ce n'est pas très loin d'ici.

Liz ne voulait pas interrompre la conversation qu'il avait avec sa sœur… et qui n'était apparemment pas pour ses oreilles.

Elle se sentit un peu coupable d'être tellement en colère.

— Ça ne me dérange pas.

Pourquoi faut-il que ce soit si dur ? Ou je veux être avec lui, ou je ne le veux pas.

Mais ça n'était pas si simple. Pire encore, elle savait que rester près de Max, quel que soit le rôle qu'elle déciderait de jouer dans sa vie, ne serait plus jamais facile.

Elle n'avait pas besoin de complications supplémentaires dans sa vie ! Mais sa mère communiquait peut-être avec le fantôme de sa grand-mère, et seul le Gang des Incubateurs pouvait l'aider.

— D'accord, dit-elle.

Max ouvrit la porte et un air brûlant leur fouetta le visage.

Avant qu'ils n'aient fait un pas de plus, un cri rauque retentit.

— Ça venait du fond, dit Liz.

— Arrêtez-le ! cria une voix d'homme. Oh, Dieu, arrêtez-le ! Il est mort ! *Mort !*

Max rentra dans l'hôpital, Liz sur les talons.

— Aidez-moi ! cria une autre voix masculine.

Liz la reconnut aussitôt.

— C'est Kyle !

— Je sais…, répondit Max.

Liz avait déjà été aux urgences. La salle était remplie de lits séparés par des rideaux bleus, pour donner aux malades l'illusion d'une intimité qu'ils n'avaient pas.

Un bras ensanglanté, Kyle essayait d'empêcher l'homme couché dans le lit voisin de se lever. Le malade avait bien soixante-dix ans, et une perfusion dans chaque bras, mais il se débattait comme un beau diable.

— Faites-le partir ! cria-t-il, terrorisé. Il est mort !

— Aidez-moi ! lança Kyle.

Des infirmières et des médecins coururent au chevet de leur patient.

Il y eut un éclair et toutes les lumières s'éteignirent.

CHAPITRE XIV

Michael regardait fixement le spectre qui se dressait derrière Jim Valenti. Le « fantôme » faisait près de trois mètres de haut, et paraissait d'autant plus grand qu'il était obligé de se tenir voûté. Les haillons qui couvraient à peine sa silhouette décharnée flottaient au vent. Des cercles noirs entouraient ses yeux sombres.

Michael pensa que la créature chauve devait sortir d'un mauvais film d'horreur et pas d'une tombe. L'air chargé d'électricité s'engouffrait dans le garage, et des étincelles dansaient sur les caisses d'échantillons de minéraux.

— Michael ! cria Valenti par-dessus les rugissements du vent. Sors la fille d'ici !

Il essaya d'avancer, mais une bourrasque le repoussa dans l'atelier. Puis la porte se referma sur lui.

Kelli hurlant et se débattant comme une folle, Michael la tira dehors.

La porte du garage retomba avec un fracas assourdissant.

Michael courut vers le pick-up du shérif, traînant à moitié Kelli, qui avait dû mal à suivre ses grandes enjambées. Dès qu'il eut atteint le véhicule, il obligea la gamine à y monter.

— Ici, tu seras en sécurité, dit-il.

— Où vas-tu ?

— Aider Valenti.

— Tu ne peux pas me laisser seule !

— Cache-toi et tais-toi !

Plissant les yeux pour les protéger des débris qui tourbillonnaient dans l'air, Michael repartit vers le garage.

Arrivé à destination, il tendit la main droite, paume en avant. Il dirigea l'énergie sur la porte, qui consentit à se soulever de moins d'un mètre.

Michael se jeta sous l'obstacle et roula sur lui-même. Une fois de l'autre côté, il fit apparaître une boule de lumière au creux de sa main gauche et regarda autour de lui.

Un éclair tomba sur la Willis et la fit tanguer, laissant une brûlure comme signe de son passage.

Michael sentait toujours l'électricité, mais elle lui semblait avoir perdu de la puissance.

Il fit grossir la boule lumineuse dans sa paume et fut stupéfait de constater que le phénomène électrique cédait du terrain devant lui.

— Valenti ! appela-t-il.

— Ici ! La porte est coincée. Je n'arrive pas à l'ouvrir.

— Ecartez-vous ! ordonna Michael.

Il concentra ses pouvoirs sur la porte.

Qui explosa.

Le jeune homme trouva l'ancien shérif étendu de l'autre côté. Se protégeant le visage d'un bras, il n'avait pas lâché la torche.

Il leva les yeux vers Michael.

— Tu vois quelque chose ?

— Oui, répondit le jeune homme, les yeux rivés sur la créature qui flottait dans les airs.

Ses haillons claquaient au vent. Elle avait les yeux et la bouche grands ouverts, mais son visage était vide de toute expression.

— Pas vous ?

— Non, répondit Valenti.

Tandis que Michael s'en étonnait, et se demandait ce qu'il allait faire, la créature se transforma en une jeune femme défigurée.

Valenti jura et recula.

— Vous la voyez, maintenant ? demanda Michael.

— Oui. C'est le premier cadavre que j'ai vu quand je suis devenu adjoint.

Se sentant plus brave et plus sûr de lui, Michael secoua la tête. Du sable et des débris volaient toujours autour de lui, lui piquant les yeux.

— Ce n'est pas un fantôme ! dit-il, obligé de crier pour se faire entendre. Cette créature peut changer de forme. Il y a quelques instants, elle ne ressemblait pas à ça. Et je n'ai jamais entendu parler d'un spectre qui se métamorphose.

— Jim Valenti, dit la femme, très droite malgré la force du vent. Tu aurais pu me sauver. Je suis morte parce que tu ne m'as pas fait quitter cette maison ! Parce que tu ne m'as pas éloignée de mon mari !

— Ce n'est pas réel, dit Michael, sentant que la créature jouait avec les vieilles angoisses de l'ancien shérif. Ce n'est pas un fantôme, mais quelque chose d'autre !

— Ça me semble bien réel, à moi, répondit Valenti. J'ai essayé de la sauver. Je l'ai emmenée loin de son mari, mais elle est rentrée chez elle… et il l'a tuée.

Le fantôme approcha de lui. Il tendit la main et un éclair jaillit du bout de ses doigts.

L'électricité frappa Valenti à la poitrine et l'envoya valser contre le mur.

Une lueur argentée attira l'attention de Michael. Il se demanda ce qui pouvait la produire. Un échantillon de roche ? Puis il vit le pied-de-biche que Valenti avait laissé tomber.

— Tu m'as tué ! dit la femme.

De l'électricité crépitait au bout de ses doigts alors qu'elle approchait de sa victime.

Une idée désespérée se forma dans l'esprit de Michael. Il ramassa l'outil. Le tenant comme une batte de base-ball, il exécuta un swing… qui passa à travers le spectre.

Bien, pensa-t-il. *L'approche néandertalienne est un échec.*

Tombant à genoux, il enfonça l'extrémité du pied-de-biche dans le sol.

— Tu es responsable de ma mort, Jim Valenti, dit le fantôme. Et tu protèges les Etrangers, qui n'ont rien à faire ici. Ils ont déjà apporté le malheur au sein de cette communauté. D'autres innocents périront. Ils ne sont pas comme toi ! Les Etrangers se fichent de ceux de ton espèce…

Refusant de céder du terrain, Valenti essaya de repousser le fantôme. Ses mains le traversèrent… juste avant qu'il ne soit terrassé par une décharge d'électricité.

Toujours à genoux, les deux mains autour du pied-de-biche, Michael y déversa son énergie. La tige métallique devint incandescente. Il imagina qu'elle attirait la créature, qu'elle l'absorbait…

Le fantôme avança comme une marionnette dont on aurait tiré les ficelles.

— Nooooon ! hurla-t-il en glissant vers le pied-de-biche. Tu vas mourir, Etranger ! Tu vas mourir ! Tu ne peux pas rester ici !

Michael ne se donna pas la peine de répondre. Le fantôme avait peur de lui. C'était bon à savoir !

Le spectre se rapprocha encore, des étincelles crépitant au bout de ses doigts. Ses yeux devinrent deux puits noirs.

— Tu vas mourir, Etranger ! Tu n'as pas ta place ici ! Tu ne peux pas rester !

Michael continua d'essayer de l'attirer à l'intérieur du pied-de-biche. Soudain, il y eut un éclair et le jeune homme sentit une vague de chaleur se répandre sur sa peau. Puis il vit le fantôme disparaître dans l'outil, comme la foudre quand elle frappe un paratonnerre.

Le vent tomba et le silence revint.

Valenti se releva.

— Il est parti ?

Michael saisit le pied-de-biche à deux mains.

— Je ne sais pas. Mais je l'ai enfermé là-dedans…

Le jeune homme se concentra pour canaliser vers le sol la force piégée dans la barre de métal.

Mais un petit objet argenté attira son attention. Il reposait sur un tas de haillons, à sa droite et vibrait doucement.

Il y eut une nouvelle explosion de lumière. Entre ses paupières mi-closes, Michael vit un éclair jaillir du pied-de-biche pour aller frapper le petit objet argenté.

La tige métallique redevint un banal outil.

Comme les braises d'un feu de camp, des étincelles rougeoyaient sur le tas de vieux vêtements.

Valenti rejoignit Michael d'une démarche mal assurée et braqua le faisceau de la lampe sur les restes fumants.

— Tu l'as vu ?

— Oui, croassa Michael.

Le tas de haillons se révéla être un costume en lambeaux qui enveloppait un squelette au crâne fracassé. Le cache qui devait lui couvrir un œil était tombé autour de son cou quand ses chairs s'étaient décomposées. Dessous pendait un cordon en cuir où était attachée une bourse trouée.

— Terrell Swanson ? demanda Michael, qui dut faire un effort pour ne pas reculer.

Affronter un faux fantôme était une chose. Mais ça, c'était incontestablement un mort.

— La police scientifique mettra un certain temps à établir son identité, répondit Valenti. Mais je parie que c'est ce qu'elle découvrira.

— Wilkins l'a tué.

— C'est ce que je pense aussi. Quand il sortira de l'hôpital, il devra répondre de son crime.

Valenti désigna le trou béant, dans le mur de la cave. Un pic et un marteau reposaient parmi les débris.

— Wilkins a tué Swanson et l'a emmuré dans sa cave, dit Michael. Puis il l'a déterré. Pourquoi ?

— Nous ignorons si c'est Wilkins qui a fait ça. Ce n'est qu'une supposition.

— Vous voulez parier contre ?

— Non. (Valenti éclaira l'intérieur de la cavité. Elle était pleine de toiles.) Des araignées.

Il montra les cadavres d'arachnides qui jonchaient le sol.

— Quelque chose les a tuées ? demanda Michael. Le « fantôme » qui était enfermé là-dedans ?

— Non. Leur fin n'a pas été soudaine ni violente. Elles sont mortes de faim.

Michael regarda les centaines de petits cadavres.

— Pourquoi Wilkins les a-t-il mises là-dedans ?

— Les quelques araignées qu'il a emmurées ont fait des petits. (Valenti baissa le faisceau de sa lampe sur le squelette.) Elles avaient de la nourriture. Au début.

— Compris, fit Michael, dégoûté. Je n'ai jamais voulu en savoir autant sur les habitudes alimentaires des insectes. Si un type comme vous enseignait la biologie, les élèves ne s'endormiraient jamais pendant les cours…

Un objet argenté était accroché aux vêtements. Valenti s'agenouilla, tira un couteau de sa poche et détacha un entrelacs de minuscules câbles noircis qui évoquait une boulette de papier aluminium.

Michael étudia le morceau de métal.

— C'est quoi ?

— Un indice ! (Valenti éclaira des assiettes à moitié pleines, des bouteilles de bière, des mégots de cigarette et un gros livre.) Et en voilà d'autres.

— Quelqu'un a passé beaucoup de temps ici…

L'ancien shérif étudia les restes de nourriture.

— Rien de tout ça n'a plus de quatre ou cinq jours.

— Wilkins s'est assis ici pour parler à son vieux copain ?

Valenti tendit la main, prit le livre et le montra à Michael.

— Une bible ?

Valenti l'ouvrit à la page marquée par le signet.

— Oui. A en juger par la partie que lisait Wilkins, il essayait de pratiquer un exorcisme.

Se souvenant du fantôme qu'il avait vu au *Crashdown*, Michael lâcha :

— Eh bien, je suppose qu'il a raté son coup !

— Tout va bien ! cria quelqu'un à l'oreille de Kyle. Nous le tenons. Reculez.

Le bras douloureux, se souvenant de l'électricité qui crépitait dans l'air, dans la salle de bains du chantier, Kyle fut ravi de céder sa place au personnel médical.

— Il est venu me chercher ! cria le vieil homme en se débattant pour échapper aux infirmières et aux médecins. Il est mort ! Vous m'entendez ? Il est là, avec la moitié du crâne en moins ! Dieu, c'était un accident ! *Un accident !*

Kyle recula et percuta Quinlann, qui appliqua aussitôt une compresse hémostatique sur son bras blessé, pour arrêter l'hémorragie.

— Que se passe-t-il ?

Kyle regarda le vieillard. Il avait une force surprenante pour quelqu'un de cet âge.

— Il croit voir un fantôme…

— Où ? demanda l'entrepreneur.

— Ici, murmura Kyle en sondant la salle plongée dans le noir.

La décharge électrique avait fait sauter les plombs. Mais les générateurs de secours prirent le relais.

Pas le moindre fantôme !

— Donnez-lui un sédatif avant que nous ayons une émeute sur les bras ! ordonna un des médecins.

Son collègue se précipita vers un placard.

Le vieil homme continuait à hurler et à se débattre comme un beau diable. Le médecin revint avec une seringue et la vida dans la perfusion piquée dans la main du patient. Aussitôt, celui-ci se détendit.

Quinlann ramena Kyle à son lit.

— Tu as réagi au quart de tour !

— Ouais…

Kyle regarda autour de lui et s'avisa pour la première fois de la présence de Liz et de Max.

Logique. Dès qu'il se passe un truc bizarre, ces deux-là ne sont jamais loin.

Il se demanda où étaient Michael et Isabel.

Puis il ramena son bras blessé contre lui. Un coup d'œil au vieil homme lui apprit qu'il dormait. Une infirmière était restée pour surveiller les moniteurs.

Liz et Max approchèrent.

— Que fais-tu ici ? demanda la jeune fille.

— J'ai eu un petit accident, répondit Kyle. On m'a dit que ce n'était pas aussi méchant que c'en a l'air.

— Tu vas bien ?

— Ça peut aller. Que faites-vous ici ?

— Nous sommes venus voir un malade, répondit Liz. Tu as entendu parler de ce qui s'est passé au *Crashdown* ?

— Le type qui a eu un infarctus est ici ?

— Oui. Tu as parlé à ton père ?

— Pas depuis hier soir. J'ai quitté la maison avant qu'il se lève.

Ça arrivait de plus en plus souvent…

— Il est allé quelque part avec Michael, dit Max. Nous nous demandions où.

Kyle secoua la tête.

— Je ne peux pas te le dire.

Quinlann regarda sa montre.

— J'ai quelques coups de fils à donner, mon garçon. Je te laisse avec tes amis.

— Aucun problème, dit Kyle. Pourquoi ne retournez-vous pas travailler ? Je vais très bien.

L'entrepreneur secoua la tête.

— Je suis vieux jeu. Je ramène toujours à la maison la cavalière que j'ai emmenée danser. Je t'ai accompagné ici, et je compte bien te reconduire chez toi.

Kyle attendit qu'il soit sorti pour demander :

— Que se passe-t-il ?

Liz secoua la tête.

— Nous l'ignorons, répondit Max. Mais quoi que ce soit, c'est encore pire à la réserve mesaliko.

Kyle eut quelque peine à le croire.

— J'ai vu un fantôme. Il était bien réel !

— As-tu vu aussi celui dont parlait le vieil homme ? demanda Max.

— Non. Mais ils sont parmi nous.

— Je sais. Je peux les voir aussi.

— Il y en a donc bien plusieurs ?

— Oui.

— Et tu as vu celui-là aussi ?

Max acquiesça.

— Comment ? Moi, je n'ai rien vu...

— Je ne sais pas... Mais ils veulent que nous quittions Roswell.

— Qu'est-ce qui te fait croire ça ? demanda Kyle.

— Ils me l'ont dit. A Isabel aussi.

Son ton neutre glaça le sang de Kyle. Si quelqu'un en voulait au trio d'extraterrestres, il y avait de grands risques que son père et lui soient mêlés à l'affaire.

Les lumières revinrent.

— Qu'allez-vous faire ? demanda Kyle.

Max haussa les épaules.

— Nous n'en savons rien. Ce soir, nous nous réunissons chez Michael pour en discuter.

— Et mon père ?

— Nous n'en savons pas plus que ce que nous a dit Maria, à savoir qu'il est passé prendre Michael, qui sait que nous devons nous retrouver chez lui. Je parie que ton père sera des nôtres.

— Aucun des deux n'est connu pour aimer donner de ses nouvelles, grommela Kyle.

Il s'étendit et leva le bras pour soulager la douleur.

— Si nous n'étions pas ici, dit Max, j'aurais pu t'arranger ça en quelques secondes.

— J'ai besoin de points de sutures... Ça ne me réjouit pas vraiment. Si je pouvais te laisser faire sans avoir à répondre à des tas de questions, j'accepterais ta proposition avec joie.

— Sans vouloir vous interrompre, dit Liz, il faut que je retourne au *Crashdown*.

— Je suis son chauffeur, expliqua Max à Kyle. Mais si tu veux, je peux revenir après l'avoir déposée.

— Pas la peine. Mon patron me ramènera.

— Ton père serait venu, s'il avait su que tu étais là…

— Je sais, répondit Kyle.

Une réponse automatique très loin de refléter sa confusion. Ses relations avec son père avaient toujours été difficiles, parce qu'il attendait tellement de lui. Mais depuis que sa vie professionnelle avait tourné au cauchemar, Jim Valenti n'avait plus assez d'énergie pour le harceler.

Après le départ de Max et de Liz, Kyle essaya de bloquer la douleur. Fermant les yeux, il expira par la bouche, puis inspira par le nez, comme son entraîneur lui avait appris. L'exercice l'avait aidé par le passé.

Aujourd'hui, il ne lui fit aucun bien.

D'un seul coup, le lit d'hôpital lui sembla totalement étranger, comme si quelqu'un d'autre y était allongé.

La nausée le submergea.

Tu connais les Etrangers ! cria soudain une voix dans sa tête. *Ce sont tes amis, Kyle Valenti. Ne sais-tu pas que tu devrais craindre ceux qui sont différents ?*

Alors, je devrais craindre tout le monde, pensa Kyle.

Ne te fie pas aux Etrangers, continua la voix. *Ils ne sont pas comme toi. Et ils n'ont pas les mêmes priorités que ton peuple. Tu dois faire confiance à ceux de ton espèce !*

Kyle essaya de se réveiller. Sans succès.

Puis la douleur le fit revenir à lui. Clignant des yeux, il vit une créature argentée, sur le mur, derrière son lit. Il aperçut des tentacules très fins et un minuscule corps oblong.

L'insecte déploya ses ailes, qui ressemblaient à de l'aluminium transparent. Puis il s'envola et disparut.

La douleur mobilisa de nouveau l'attention de Kyle. Il vit le docteur Bohr enfoncer l'aiguille d'une seringue dans son bras. L'anesthésique se répandit dans son membre, qui s'endormit aussitôt. Au même instant, son esprit sembla s'éclaircir.

— Ça piquera un peu, dit le médecin. Je croyais que vous dormiez.

— Plus maintenant, répondit Kyle en jetant un coup d'œil derrière la tête de lit.

La créature argentée aux membres aussi fins que des cheveux avait disparu.

Une hallucination, pensa Kyle.

Mais il avait très peur que ça n'en soit pas une.

CHAPITRE XV

Essoufflé et fatigué, l'esprit en ébullition à cause de tout ce qui arrivait dans la réserve mesaliko, Chien de Rivière s'arrêta à flanc de colline. D'où il était, il pouvait voir les lumières du village. La nuit était tombée depuis peu, étendant ses ombres sur le désert, qui deviendrait gris au lever de la lune.

Le vent avait commencé à changer, chassant la chaleur et apportant la fraîcheur nocturne. Chien de Rivière resserra les pans de sa robe de cérémonie.

Les lumières du village semblaient moins brillantes et elles étaient moins nombreuses que d'habitude. Beaucoup de Mesalikos s'étaient réfugiés dans d'autres villages ou d'autres réserves. Après le départ de Max Evans, le pouvoir des esprits avait faibli. Ils ne pouvaient plus entrer en contact physique avec les vivants. Mais ils n'avaient cessé d'apparaître et de disparaître. Et de crier aux Mesalikos de chasser les Visiteurs de Roswell !

Chien de Rivière se détourna et continua son chemin. Son regard sondait la piste à peine visible dans le terrain rocheux et accidenté, au milieu des cactus. Le tertre et la grotte qu'il abritait n'étaient plus qu'à cinquante mètres.

Chien de Rivière s'appuya davantage sur son bâton de marche. Les muscles de ses jambes brûlaient à cause de la fatigue, mais son pas restait régulier.

Il avait dit la vérité à Max Evans : il ignorait où le Soleil avait puni les guerriers et Corbeau. Mais plutôt que d'attendre la visite de ses ancêtres au village, il avait décidé d'aller dans un de ses lieux de pouvoir.

Soudain, un esprit se matérialisa à côté de lui.

Un vieillard marqué par les ans…

— Chien de Rivière, dit-il d'une voix chevrotante.

— Je ne te connais pas !

— Je m'appelle Chasse Avec Les Chouettes, répondit l'ancien. J'ai été jadis le chamane de notre peuple.

Chien de Rivière regarda le visage ridé, le costume cousu de perles et les cheveux retenus par des os où étaient gravées des chouettes. Les yeux du fantôme évoquaient deux trous noirs, mais il sentait de la chaleur émaner de lui.

— J'ai entendu parler de toi, dit Chien de Rivière. Un chamane très puissant… Tu as sauvé beaucoup de victimes des maladies apportées par les Européens.

— J'ai également combattu ceux qui convoitaient nos terres.

Chien de Rivière planta son bâton et continua d'avancer.

— Que veux-tu, Chasse Avec Les Chouettes ?

— Que viens-tu chercher ici ? demanda l'esprit.

— Je veux comprendre ce qui arrive à mon peuple.

— Nous avons essayé de l'expliquer… Mais votre peuple n'a pas voulu écouter.

Chien de Rivière remarqua que l'esprit avait dit *votre* et pas *notre* peuple. Comment pouvait-il parler ainsi ? Le chamane jeta un regard en coin à la créature qui marchait à côté de lui.

— Tu n'es pas l'un des miens, dit-il.

— Vos coutumes ont changé, tu le sais bien, répondit Chasse Avec Les Chouettes. Tu as essayé de t'y opposer. Ces gens sont différents de mon peuple. De ce qu'étaient les *nôtres*.

Chien de Rivière se détourna pour regarder la grotte, au sommet du tertre.

— Je refuse d'en entendre davantage. J'ignore quel genre de créature tu es, mais tu n'es pas Chasse Avec Les Chouettes !

— Imbécile ! cria l'esprit.

Puis il disparut.

Chien de Rivière continua son chemin. Il entra dans la grotte et se sentit aussitôt chez lui au cœur de ce sanctuaire.

La grotte était à peine assez grande pour qu'il s'y tînt assis en tailleur.

Le chamane s'installa et commença à chanter, se plongeant dans un état où il serait plus réceptif à ce qui l'entourait.

Les esprits de ses ancêtres n'étaient pas revenus. La violence qui s'était récemment déchaînée sur son peuple l'avait amené à cette conclusion. Comment auraient-ils pu être ce qu'ils prétendaient alors qu'il leur fallait la présence de Max Evans pour toucher leurs prétendus descendants ?

Chien de Rivière continua de chanter et se sentit glisser vers l'état qui lui permettait de sortir de son corps. Certains jours, quand il projetait son esprit comme il le faisait maintenant, il volait avec Faucon et pouvait sentir le vent sous ses ailes. D'autres fois, il arpentait le désert avec Coyote, sous la lune. Tous les jeunes hommes qu'il avait formés n'avaient pas réussi cet exercice. Un mode de vie – une façon de ne faire qu'un avec la nature – sur le point de disparaître…

Chien de Rivière sentit qu'il n'était plus seul. Il ouvrit les yeux et fut surpris de voir de la brume à l'entrée de la grotte.

Quatre créatures entrèrent. Vaguement humanoïdes, elles portaient des uniformes moulants rouge et argent et des bottes rouges. Leur peau était bleue, leurs yeux verts et opalescents brillant sur leur visage triangulaire au nez presque plat. Des antennes mobiles et segmentées, semblables à des vers de terre mais chitineuses comme des cornes, s'agitaient sur leur tête.

Chien de Rivière voulut se lever, mais son corps ne lui obéit pas. Il était prisonnier de sa propre chair, incapable de crier alors que les quatre créatures fondaient sur lui.

— Nous t'avions averti ! Tu aurais dû nous écouter.

Sans défense, Chien de Rivière regarda une main à quatre doigts se tendre vers lui et lui couvrir les yeux. Puis son esprit implosa et la douleur lui fit perdre connaissance.

Max était assis à même le sol devant la télévision, chez Michael. Incrédule, il regardait les journaux et les flashes spéciaux. Sur toutes les chaînes, il était question de gens qui avaient vu un fantôme.

— Ils sont partout, dit Liz.

Elle était debout près de la table, dans la minuscule cuisine, une part de pizza à la main. Ils avaient mis leur argent en commun – et emprunté le reste au « bas de laine » de Michael – pour commander un modeste dîner.

— Non, pas partout, répondit Isabel, assise sur le canapé. Quelques dizaines de personnes seulement ont vu un fantôme.

Quelques dizaines de personnes seulement, répéta mentalement Max. *Mais leur nombre augmente sans cesse.*

Ils s'étaient réunis dans l'appartement de Michael près de trois heures plus tôt. Valenti et Kyle les avaient rejoints. Le jeune homme sortait à peine de l'hôpital et avait le bras en écharpe.

— Peu importe leur nombre, souligna Michael. Ces choses veulent *notre* peau. Il ne faut pas l'oublier.

— Pourquoi en ont-ils après vous ? demanda Valenti.

Personne ne répondit.

Finalement, Maria prit la parole.

— Ecoutez, je m'en veux d'énoncer une évidence, mais nous devons considérer la possibilité qu'ils nous aient été envoyés par Tess.

— Pourquoi aurait-elle fait ça ? lança Michael.

— Parce qu'elle est partie sans avoir obtenu ce qu'elle voulait.

— Elle devait fuir ! rappela-t-il. Elle a réussi à avoir un enfant de Max et elle compte le faire élire roi.

— Les rois ne sont pas élus, corrigea Maria.

— Si tu le dis ! L'important, c'est qu'étant la Reine Mère, elle aura beaucoup de pouvoir.

— Tess n'a pas obtenu *tout* ce qu'elle voulait, dit Maria. Elle souhaitait que vous l'accompagniez. C'est pour ça qu'elle a tué Alex, vous vous rappelez ? Parce qu'il avait découvert qu'elle comptait vous livrer à vos ennemis.

— Tess n'est pas coupable, dit Valenti. Si elle était derrière ça, elle s'en serait vantée.

Max savait que l'ancien shérif avait du chagrin. Tess avait vécu avec Kyle et lui, devenant pour eux une fille et une sœur.

— Nous combattons un adversaire à qui vous ne vous êtes jamais frotté, continua Valenti.

— Alors, comment sait-il que nous sommes ici ? demanda Michael.

— Ces gens peuvent peut-être sentir votre présence. Comme vous sentez la leur.

— Nous ne sentons pas leur présence !

— Vous les voyez ! Chaque fois qu'un fantôme est apparu, ma théorie s'est vérifiée !

— Vous en avez vu un aussi, corrigea Maria. Jusque-là, Liz et moi sommes les seules à y avoir échappé.

— J'ai vu le fantôme parce qu'il l'a bien voulu, lui rappela Valenti. Quand Kelli était avec nous, Michael et elle ont été les premiers à l'apercevoir. Plus tard, le spectre s'est métamorphosé pour devenir une femme que j'ai connue.

— Alors, comment ça marche ? demanda Michael. Les fantômes n'apparaissent qu'à certaines personnes…

— A Roswell, il semble que ce soit le cas, dit Max. A part Wilkins et Michael, personne n'a vu le fantôme de Terrell Swanson, et le *Crashdown* était plein à craquer.

— Et j'étais juste à côté de lui, ajouta Liz. Ce matin, j'ai entendu ma mère parler avec ma grand-mère. Mais je ne l'ai pas vue.

— Donc, la force qui provoque ces apparitions peut les

faire voir à qui elle veut et sous l'apparence qu'elle veut, dit Valenti.

— Ou elle a un pouvoir limité, avança Isabel.

— Limité ? (Michael prit une autre part de pizza. Le problème ne lui avait pas coupé l'appétit.) Ces trucs lancent des éclairs et des boules de feu !

— Comment savent-ils quelle apparence adopter ? demanda Valenti. Isabel, selon toi, la femme qui a failli t'écraser voyait sa fille.

— Sa fille mort-née, oui…

— D'où les fantômes tiennent-ils leurs informations ?

— Un enfant mort-né, ce n'est pas si difficile, dit Michael. Surtout quand le fantôme se donne l'apparence d'une gamine et pas celle d'un nourrisson. La mère n'a jamais vu sa fille à cet âge.

— Et Swanson ? insista Valenti.

— Wilkins l'a tué et l'a enterré dans sa cave. Le cache sur l'œil a peut-être suffi à l'effrayer.

— Tu as reconnu Swanson sur la photo que je t'ai montrée. Tu as dit que c'était lui…

— Oui, c'était bien Swanson.

— Alors, comment les fantômes savent-ils quelle apparence prendre en fonction de la personne qu'ils visent ? répéta Valenti.

— Ils peuvent avoir trouvé des indices sur Swanson dans de vieux journaux, avança Max.

— Peut-être… Mais pour trouver des informations sur Swanson et sur Wilkins, il fallait savoir où les chercher.

— Tout le monde à Roswell connaît leur histoire, dit Liz. Quand j'ai su qui il était, je m'en suis immédiatement souvenue.

— Bon, fit Valenti en croisant les bras, je vais me faire l'avocat du diable. Pourquoi les fantômes auraient-ils attendu si longtemps avant d'agir ?

— Il a raison, dit Isabel. Nous avons toujours vécu ici. Si les fantômes veulent notre départ, ils ont perdu près de vingt ans.

— Ils ne veulent pas seulement nous chasser, répondit Max. Ils exigent aussi le départ des Mesalikos.

— Pourquoi ? demanda Liz.

— Chien de Rivière lie l'apparition des fantômes à une ancienne légende.

— Des âneries, Max ! explosa Michael. Nous savons tous qu'une vieille légende indienne ne peut pas faire apparaître des fantômes !

— Je ne crois pas que nous devions ignorer cette légende, dit Maria.

— Vous vous raccrochez à n'importe quoi !

— Trouve une autre explication !

Michael haussa les épaules.

— C'est stupide.

— Attends, dit Isabel. Nous tenons quelque chose. (Elle se tourna vers Valenti.) Continuez.

— Résumons ce que nous savons… Les fantômes apparaissent à certaines personnes, et ils savent quelle forme prendre devant qui.

— Ils lisent dans les esprits, dit Kyle.

Tous les regards se braquèrent sur lui.

— C'est la seule explication… J'ai vu le fantôme du premier cadavre que j'ai aperçu. Je ne connais pas le nom de ce type, mais je me souviens que nous rentrions à la maison, papa et moi, quand il a eu un appel. Il m'a emmené sur les lieux de l'accident. L'homme avait perdu le contrôle de sa moto sur la 285 et il avait été réduit en bouillie.

Valenti eut l'air coupable, comme s'il regrettait d'avoir exposé Kyle à de telles horreurs.

— Des fantômes qui lisent dans les esprits…, souffla Michael.

— Oui, dit Max. Ça expliquerait pourquoi ils savent quelle apparence adopter pour effrayer quelqu'un…

— Nous pouvons les voir !

— Oui, mais nous ne sommes pas des gens tout à fait normaux, rappela Isabel.

— Et certains, ajouta Maria avec un regard pour Michael, le sont encore moins que les autres.

Le jeune homme se rembrunit.

Avant qu'il ne riposte, Max enchaîna :

— Donc, il s'agit d'une forme de télépathie.

— Prenons ça comme point de départ, dit Valenti.

— Des fantômes télépathes ! fit Michael, dubitatif.

— C'est notre point de départ, insista l'ancien shérif, pas notre conclusion.

— Max a dit qu'il y avait beaucoup plus de manifestations à la réserve, dit Michael.

— Les Mesalikos sont plus proches de la nature que nous, avança Kyle. Ils croient aux visions. Ce peuple baigne dans une très profonde spiritualité.

— On ne cherche pas vraiment une réponse New Age, Petit Bouddha, fit Michael.

— Il a peut-être raison, dit Max. A moins que ce soit encore plus simple…

— Et si la légende reposait sur un fait réel ? intervint Isabel.

— C'est généralement le cas…, lui rappela Valenti.

— Mais quel fait ? demanda Maria. Une histoire d'esprits revenus hanter les Mesalikos ? En allant dans ce sens, nous revenons à notre point de départ.

— Chien de Rivière a dit que Corbeau avait volé les flammes du dieu Soleil, déclara Max. Il a voulu les rapporter aux Mesalikos, mais il a dû les cracher, et en tombant sur la terre, elles ont créé le désert. Furieux, le Soleil a puni Corbeau et ses complices, privant le premier de ses plumes et ôtant la vie aux autres, qui se sont relevés pour harceler les Mesalikos et les chasser de leurs terres.

— Approfondissons un peu cette idée…, proposa Valenti. D'après Chien de Rivière, les fantômes ont seulement *hanté* les Mesalikos. Ils ne se sont pas attaqués à eux avant aujourd'hui.

— Quand je suis allé à la réserve, précisa Max.

Valenti désigna le téléviseur.

— Aucune des victimes ne parle d'électricité et d'éclairs. Elles ont uniquement vu un fantôme.

— Les spectres réagissent plus violemment à notre présence, conclut Isabel.

— Oui. Savez-vous où le dernier éclair a frappé ?

— A l'hôpital, répondit Liz. Quand Max y était.

— Bingo ! s'écria Valenti.

— Peut-être, fit Michael. Mais ça veut dire quoi ?

— Aucune idée. C'est un lien, voilà tout.

— Des fantômes télépathes qui réagissent comme un champ de mines à notre présence ?

— Un bon résumé…

— Pourquoi ?

— Parce qu'ils vous tiennent pour la menace la plus sérieuse qu'ils aient rencontrée.

— J'ai entendu l'ancêtre de Chien de Rivière dire que les Visiteurs devaient être chassés, annonça Max.

— J'ai entendu la même chose, renchérit Kyle. Mais pas de la bouche d'un fantôme. (Il leur parla de l'étrange créature qu'il avait vue aux urgences.) Au début, j'ai cru que c'était une hallucination, à cause de la blessure et de tout ce qui s'était passé…

— Tu nous aurais rendu service en racontant ça plus tôt, grogna Valenti.

— Pourquoi ? demanda Michael. Des fantômes télépathes, ça ne vous suffit pas ? Vous voulez y ajouter le spectre cyborg de Jiminy Cricket ?

— Pourquoi aucun de vous n'a été la cible des fantômes ? demanda Valenti. S'ils veulent vous chasser de Roswell, pourquoi n'ont-ils pas commencé par *vous* harceler ?

— Nous avons vu des fantômes, lui rappela Isabel.

— Uniquement ceux de gens que vous ne connaissiez pas…

— C'est peut-être pire, dit Maria.

— Vraiment ? insista Valenti. Et si vous aviez vu le fantôme de quelqu'un que vous avez connu ? Un être que vous avez aimé et perdu ?

Max regarda Isabel et devina qu'ils pensaient tous à Alex.

— Désolé..., souffla l'ancien shérif. J'aurais mieux fait de tourner ma langue sept fois dans ma bouche avant de parler.

— Non, répondit Max. Vous avez raison. J'ignore pourquoi nous n'avons pas vu nos propres fantômes.

— Parce que ces foutus télépathes ne peuvent pas lire en nous, dit Michael. Nous sommes trop forts, ou pas sur la bonne longueur d'onde. Un truc comme ça...

— Mais ils réagissent violemment à notre présence, lui rappela Isabel.

— Parce que nous leur faisons peur.

Valenti se leva pour marcher en rond.

— Continuons dans ce sens. Nous avons tiré suffisamment de conclusions pour identifier plus ou moins nos adversaires. allons de l'avant !

— Comment ? demanda Max.

— Il manque un lien.

— Quel lien ? fit Isabel.

— Chien de Rivière a dit à Max que les manifestations avaient commencé depuis quelques jours. Pourquoi les fantômes se sont-ils intéressés à Roswell seulement aujourd'hui ?

— Parce qu'ils migrent, répondit Max.

— Je préfère le verbe « contaminer ». Roswell a été contaminé par quelqu'un.

Max hocha la tête. La situation était effrayante, mais chercher un coupable bien réel avait quelque chose de rassurant.

— Et nous savons qui a été contaminé le premier, continua Valenti.

— Qui ? demanda Max.

— Leroy Wilkins.

— Le type du *Crashdown* ? demanda Kyle. (Quand son père acquiesça, il ajouta :) Qui nous dit qu'il a été le premier ?

— Il a raison, intervint Liz. J'ai entendu ma mère parler au fantôme de ma grand-mère ce matin.

— Et on ne peut pas déterminer si Wilkins a été contaminé plus tôt, renchérit Maria. Il est arrivé au *Crashdown* le jour où tous les fantômes sont apparus.

— Avant de venir à Roswell, dit Valenti, Wilkins a pris un pic et un marteau et s'est attaqué au mur derrière lequel il avait enterré Swanson. A son âge, ça a dû lui prendre un certain temps. Quand Michael et moi avons examiné les lieux, nous avons trouvé de la nourriture et des bouteilles de bière.

— Plus une bible, ajouta Michael, que le raisonnement de Valenti intéressait.

Il prit une autre part de pizza.

— Pour quoi faire ? demanda Max.

— Allons, Maxwell, tu ne devines pas ? Une bible près de la tombe de l'homme qu'il a assassiné.

— Wilkins a essayé de pratiquer un exorcisme, dit Maria.

— Oui. Il y avait assez de nourriture pour estimer qu'il a passé plusieurs jours dans sa cave. Wilkins a bien été hanté le premier.

— Où habite-t-il ? demanda Max.

— A l'opposé de la réserve, répondit Valenti. Pour que notre théorie fonctionne, l'invasion aurait dû survoler Roswell pour atteindre les Mesalikos – avant de revenir en arrière aujourd'hui. Wilkins a des voisins et je n'ai pas entendu dire qu'ils aient vu des fantômes.

— Pourquoi Wilkins ? demanda Maria.

— Bonne question !

— Et pourquoi le fantôme qui hantait la cave de Wilkins ne s'est-il attaqué à personne d'autre après votre départ ? demanda Liz.

— Parce que je l'ai emprisonné dans le pied-de-biche, lui rappela Michael. Et que l'éclair l'a détruit.

— C'est un fantôme, dit Maria. Comment tuer un spectre ?

— Ce n'est pas moi qui écrit les règles. Je me contente de les suivre.

— Ce n'est pas un jeu !

— Si tu le dis…

— Après que l'éclair eut « détruit » le fantôme, dit Valenti, portant la main à sa poche, j'ai trouvé ça.

Il exhiba un objet métallique.

— Qu'est-ce que c'est ? demanda Max.

— Je l'ignore… Un truc qui n'avait rien à faire où je l'ai trouvé. C'est le but de toute enquête : découvrir tout ce qui n'est pas censé être là.

— Je peux le voir ? demanda Kyle.

Son père lui tendit le morceau de métal.

Le jeune homme le fit tourner entre ses doigts.

— On dirait la créature que j'ai vue à l'hôpital.

— Le cyborg de Jiminy Cricket, fit Michael.

Kyle ne s'offusqua pas de cette remarque.

— Oui.

— C'est cet objet que l'éclair a frappé, dit Michael.

— Un bouton ? suggéra Isabel.

— Swanson n'avait qu'un seul bouton sur son jean, dit Valenti. J'ai vérifié.

— Ça ne peut pas être une coïncidence ? fit Maria. N'est-ce pas ?

— Si tu veux parier là-dessus, allons à Las Vegas, dit Valenti.

— J'y ai déjà été, rappela Michael. Et je n'ai même pas pris la peine d'acheter un T-shirt souvenir.

— Le lien avec la réserve indienne, c'est Wilkins, dit Liz. Les Mesalikos l'ont chassé plusieurs fois de leurs terres.

— Exact, approuva l'ancien shérif. J'ai dû l'escorter moi-même. Mais je continue de me demander ce qui est arrivé à Wilkins, ces derniers jours. Avec la nourriture et la bière que nous avons trouvées, il a dû passer des jours dans sa cave, à chercher le courage d'abattre le mur.

— Parce qu'il était hanté, dit Liz.

— Oui, mais le fantôme ne l'a pas suivi à Roswell. Il est resté pour nous attendre, Michael et moi.

Liz se frotta les bras, comme si elle avait la chair de poule.

— C'est trop… flippant.

— Donc, le fantôme n'a pas suivi Wilkins à Roswell…

— Quelque chose l'a fait ! rappela Michael. Parce que j'ai vu Swanson, au *Crashdown*.

— Un autre fantôme a pris le relais. C'est la seule explication.

— Vous croyez que ces créatures communiquent ? demanda Kyle.

— Il le faut bien, répondit Max. Ils délivrent le même message, et ils opèrent de la même manière. (Il marqua une pause, comprenant où Valenti voulait en venir.) Ce qu'il faut apprendre, c'est comment Wilkins a pu être hanté avant tous les autres.

— Exactement, dit l'ancien shérif.

— Le morceau de métal que vous avez trouvé est peut-être un communicateur, avança Isabel.

— J'y ai pensé. Mais il est sorti – par ses propres moyens – des vêtements de Swanson. Et ce type est mort depuis plus de trente ans.

— Vous croyez donc que cet objet – quoi qu'il puisse être – était emmuré avec lui, dit Max.

— C'est exactement ce que je pense. (Valenti tira la bourse en cuir de sa poche et leur montra le trou.) J'ai trouvé ça sur le cadavre de Swanson.

— Qu'est-ce qu'il y avait dedans ? demanda Maria.

— Je ne sais pas… Mais quoi que ce soit, ça s'est échappé.

— Comment ça, échappé ? demanda Max.

Valenti fit passer son doigt dans le trou.

— Les bords sont rongés. Ce qui était enfermé là-dedans s'est frayé un chemin vers la sortie.

CHAPITRE XVI

— Ce n'est pas une bonne idée.

Isabel dévisagea Max. Ses yeux et ses lèvres pincées trahissaient son appréhension.

Il a toujours été trop sérieux, pensa-t-elle.

— Tu sais qu'il faut que je le fasse, répondit-elle en lui prenant la main. Il n'y a pas d'autre solution.

— C'est trop dangereux. (Max regarda par-dessus son épaule, cherchant le soutien des autres.) Wilkins est un meurtrier. Tu ignores quelle sera sa réaction quand il te verra dans ses rêves.

Valenti regarda Max, puis Isabel.

— Si tu penses pouvoir le faire, ça nous aiderait.

— Je peux…

— Isabel… Tu n'as jamais essayé ça dans ces conditions. Wilkins est dans le coma.

— Tout ira bien. Et nous devons apprendre ce que sait Wilkins.

— Il existe sûrement un autre moyen, insista Max. Nous en trouverons un !

— Non, répondit Isabel. Je vais tenter le coup, Max. Parce que je le peux, et parce que c'est le seul moyen d'apprendre ce que nous devons faire.

S'il y a quelque chose à faire.

Peut-être seraient-ils impuissants face à cette menace.

— Assure-toi de revenir saine et sauve, capitula Max.

— Promis, répondit Isabel.

Elle s'allongea sur le canapé et ferma les yeux. Quelques

secondes plus tard, elle dormait. Dans ses rêves, elle contacta l'esprit de Leroy Wilkins, prospecteur et meurtrier.

Quand Isabel rouvrit les yeux, elle vit qu'elle était dans une petite pièce sombre aux murs de pierre. Une odeur de terre remuée lui agressa les narines, manquant la faire éternuer. La lueur d'une lampe de camping luttait contre les ombres.

— Que faites-vous ici ? demanda une voix masculine.

Se retournant, Isabel découvrit Leroy Wilkins. Debout près d'une porte, il semblait tendu et effrayé. Ses yeux étaient si profondément enfoncés dans ses orbites qu'ils ressemblaient à deux trous noirs.

— Tout va bien, assura Isabel d'une voix douce.

Wilkins regarda autour de lui.

— Je ne suis pas ici. Je n'ai rien à y faire.

— Savez-vous où vous êtes ?

— C'est le sous-sol de ma maison…

Isabel attendit et vit les yeux de Wilkins se poser sur le mur, en face de lui. Il était encore intact, rien à voir avec le tas de gravats décrit par Michael et Valenti. Swanson était toujours emmuré derrière.

— Je ne peux pas être dans le sous-sol de ma maison, fit Wilkins. Je suis à l'hôpital. On m'a dit que j'avais eu une attaque. Je m'en souviens.

— Vous êtes à l'hôpital, confirma la jeune fille. Ce n'est qu'un rêve.

Soupçonneux, le prospecteur plissa les yeux.

— Je ne vous connais pas, jeune fille. Et personne ne peut rêver de quelqu'un qu'il ne connaît pas.

— Ils vous ont donné des médicaments, expliqua Isabel. Et ils causent parfois des hallucinations.

Wilkins secoua la tête.

— Vous n'êtes pas une hallucination, ni un rêve !

Isabel avait des difficultés à maintenir le contact psychique. Wilkins voulait qu'elle sorte de sa tête et il la repoussait.

— J'ai besoin de savoir ce qui s'est passé.

— Il ne s'est rien passé du tout !

— Le fantôme de Terrell Swanson vous a poursuivi…

— J'ignore de quoi vous voulez parler.

Wilkins lui tourna le dos.

— Vous avez tué Swanson ! accusa Isabel. Vous l'avez tué et vous l'avez enterré derrière ce mur.

Le prospecteur fit volte-face, furieux.

— Attention à ce que vous dites !

Il sortit un briquet et un paquet de cigarettes et en alluma une. La flamme éclaira ses traits burinés et dansa dans ses yeux fous.

— Pourquoi avez-vous sorti Swanson de son « tombeau » ? demanda Isabel.

— Je ne sais pas de quoi vous parlez !

Wilkins rangea son briquet et tira sur sa cigarette. Puis il exhala de la fumée, qui resta suspendue dans l'air immobile.

— Il s'est passé quelque chose, insista Isabel. Qu'est-ce qui a changé ? Swanson était emmuré depuis plus de trente ans.

Wilkins se tourna vers la porte.

— Vous parlerez de ça avec mon avocat.

Impuissante, Isabel le regarda saisir le bouton de la porte.

Soudain, un *boum* sonore retentit et résonna longuement dans le sous-sol.

Wilkins jura et tira sur le bouton, mais la porte refusa de s'ouvrir. Il y eut un deuxième *boum*, puis un troisième.

Le prospecteur secoua le battant. Sans succès.

Isabel essaya de déterminer d'où venait le bruit. En vain.

Wilkins se retourna si vite que la cigarette tomba de ses lèvres tremblantes. Ses yeux étaient écarquillés de terreur. Il regarda autour de lui, le dos appuyé contre la porte.

— Je ne peux pas sortir, croassa-t-il. Comme la dernière fois.

— Quel est ce bruit ? demanda Isabel.

— Vous ne le savez pas ?

Le battement régulier continuait.

— Un cœur..., murmura la jeune fille.

Cette constatation lui glaça les sangs, même si elle savait que rien de tout cela n'était réel.

— Ouais, acquiesça Wilkins. Celui de Swanson.

Le cœur battit plus fort.

— Il est vivant, fit le prospecteur. Trente ans qu'il croupit là-dedans, et il est toujours vivant.

Isabel se souvint que Valenti et Michael avaient vu le squelette de Swanson.

— Mais ce n'est pas possible, dit Wilkins. Je lui ai fracassé le crâne avec un marteau. Ce filon d'uranium était le plus gros qu'on ait trouvé, vous comprenez. Ça pouvait faire la fortune d'un homme. Un seul homme ! Et je voulais que ce soit moi. Alors je l'ai tué. Mais il n'est pas mort. Trente ans, et il essaie toujours de m'avoir.

Isabel aurait voulu parler, mais elle avait peur d'interrompre les aveux du vieil homme. Les réponses étaient là, il lui suffisait d'attendre.

— Les battements du cœur de Swanson sont devenus plus forts. Ça fait des jours que je les entends. La télé, la radio, rien ne peut les couvrir. Même soûl, je les entends toujours. Et je suis le seul.

— Je les entends, dit Isabel.

— Ce n'est pas après vous qu'en a Swanson ! C'est moi qu'il veut. Il désire m'entraîner dans la tombe avec lui. Mais je ne vais pas le laisser faire. Je le sortirai de là, pour lui montrer que je n'ai pas peur de lui. Et je le réduirai en miettes.

Isabel regarda le mur. Même si ce n'était qu'un souvenir de Wilkins, elle ne pouvait s'empêcher d'être inquiète. Bien sûr, ici, elle ne risquait pas d'être blessée, mais le savoir ne la réconfortait pas tant que ça.

Le prospecteur ramassa un pic sur le sol et s'attaqua au mur. Des éclats de béton volèrent dans toutes les directions.

Isabel eut mal quand un fragment lui entailla la joue. Lorsqu'elle toucha son visage, ses doigts furent couverts de sang. En rêve, une chose pareille ne lui était jamais arrivée. Soudain, l'appartement de Michael lui sembla à une distance impossible à franchir. Elle se retourna et gagna la porte. Sa main glissa sur le bouton.

Qui ne bougea pas.

Elle était prise au piège !

Max regardait Isabel dormir, l'estomac noué.

— Hé…

Levant les yeux, Max aperçut Liz. Il ne l'avait pas entendue approcher.

— Je suis sûre qu'elle s'en tire très bien, dit-elle. Isabel sait ce qu'elle fait.

— Tu le penses vraiment ?

— Je ne sais plus que penser… Tout ça nous dépasse. Je ne me souviens plus de la dernière fois où je me suis dit que nous avions toutes les chances d'y arriver.

Regardant autour de lui, Max vit Michael et Maria parler à voix basse dans la cuisine. Valenti était près de la porte, comme s'il piaffait de sortir pour agir, mais son regard restait rivé sur la télévision. Des flashes spéciaux interrompaient sans cesse les programmes, annonçant que d'autres personnes avaient vu des fantômes. Kyle était assis par terre et sommeillait.

— Je sais…, souffla Max. Ça a toujours été compliqué. Je n'avais pas le droit de t'entraîner là-dedans.

— Tu ne m'as entraînée dans rien du tout ! Tu m'as sauvé la vie, ce jour-là, au *Crashdown*…

— J'aurais pu m'en tenir là. Quand tu es venue me poser des questions, j'aurais dû tourner les talons, refuser d'y répondre.

— Aucune chance !

— Non. J'ai essayé de me défiler…

— La vie est compliquée, dit Liz. La tienne l'est sûrement davantage que celle des autres. Mais je suis sûre que ça pourrait être pire.

— Je ne sais pas... Roswell semble envahi par les fantômes, et tout ça à cause de nous.

— Non. Les fantômes seraient venus même si vous n'étiez pas là. Vous... *nous* trouverons une solution. (Liz désigna la télévision.) Ces gens n'ont aucune idée de ce qui se passe, Max. Chien de Rivière ignore ce qu'il faut faire. Il te l'a dit. Mais Michael, Isabel et toi, vous pouvez peut-être faire quelque chose. Peut-être y étiez-vous destinés.

— J'espère que tu as raison...

Max espérait tellement de choses. Mais il n'osa pas les dire à voix haute.

— Même si ta vie devait devenir encore plus compliquée, dit Liz, je serais toujours là pour toi.

Max la regarda, submergé par une joie qui balaya son inquiétude et sa fatigue.

— Vraiment ?

— Oui. C'est à ça que servent les amis.

Amis.

Ce mot lui fit l'effet d'une gifle.

Amis. Pouvait-il se contenter de si peu quand il désirait tellement plus ? Puis il se sentit coupable. Vu comment il avait traité Liz, il n'avait pas le droit d'en attendre davantage d'elle. De fait, il aurait dû lui être reconnaissant de bien vouloir être son amie.

Max essaya de parler. En vain. Il se contenta donc de lui prendre la main pour la rassurer.

— Max..., souffla Liz.

Il se tourna vers elle. Mais avant qu'elle n'ait le temps de continuer, Isabel eut un spasme et un gémissement s'échappa de ses lèvres serrées.

Lâchant la main de Liz, Max regarda sa sœur.

— Isabel, appela-t-il tout bas pour ne pas la réveiller brutalement. Izzy...

Isabel gémit de nouveau, puis roula sur le côté. Max la rattrapa avant qu'elle tombe du canapé.

— Que se passe-t-il ? demanda Valenti.

— Je l'ignore, répondit Max.

Isabel gémit de nouveau.

— Isabel, appela Max. Reviens. *Isabel !*

Isabel était adossée à la porte du sous-sol. Elle aurait voulu retourner chez Michael. Mais elle savait qu'elle n'aurait pas une deuxième possibilité d'explorer les rêves de Leroy Wilkins. Et les réponses qu'elle cherchait étaient ici. Elle en était certaine.

Wilkins frappa le mur, faisant voler d'autres éclats de béton. Le souffle court, il haletait comme un vieux soufflet de forge.

Les battements de cœur étaient toujours audibles.

Le pic traversa le mur avec un bruit métallique. Wilkins lâcha un cri de joie dément.

— Je te tiens, Swanson ! Tu ne pourras pas ramper hors de ta tombe et venir me tirer par les pieds. Je vais terminer le boulot que j'ai commencé il y a trente ans. Ensuite, je te remettrai en terre et tu y resteras.

Wilkins lâcha le pic, ramassa un énorme marteau et acheva de casser le mur.

Le rai de lumière de la lanterne tomba sur le squelette vêtu de haillons enfermé dans la crypte. Les battements de cœur s'accélérèrent.

— Ce n'était pas lui ! cria Wilkins.

Laissant tomber son marteau, il passa un bras dans l'ouverture et tira le cadavre de sa cachette. Mais le mort était trop lourd pour lui et il lui échappa. Le squelette tomba sur le sol en soulevant un nuage de poussière.

— Ce n'était pas lui. Regardez : il n'a plus de cœur !

A travers la chemise en lambeaux tachée de sang, Isabel constata que la cage thoracique de Swanson était vide. L'homme n'avait pas de cœur. Mais alors, d'où venaient les battements ? Etait-ce uniquement le bruit de la culpabilité de Wilkins ?

— Ce n'était pas Swanson, continua Wilkins. Mais cet insecte de malheur ! Celui qu'il gardait à son cou.

— Quel insecte ? demanda Isabel.

Elle faisait un effort surhumain pour ne pas être malade. Le squelette était truffé de cadavres d'araignées.

— Lui et moi, dit Wilkins, nous avons trouvé ce petit insecte en métal. Dans une mine… Il n'y avait rien. Pas d'or, ni d'uranium, ni de cuivre. Rien d'autre que de la terre. Swanson a gardé l'insecte dans une bourse, à son cou. Il croyait que c'était un truc sacré mesaliko.

« L'insecte était mort. Aussi crevé que Swanson. (Il baissa les yeux sur le squelette.) Sauf qu'il est plus mort, hein ? Et Swanson non plus.

Voyant la bourse en cuir au cou du cadavre, Isabel se souvint que Valenti avait dit : quelque chose s'en était échappé…

Soudain, un filament argenté déchira le cuir. Il fut rejoint par un autre, puis encore un autre, jusqu'à ce qu'un trou apparaisse dans la bourse à l'endroit où ces pattes segmentées s'agitaient furieusement.

Une forme argentée apparut. Debout sur des pattes aussi fines que des cheveux, l'improbable insecte ressemblait à un croisement entre une guêpe et une araignée. Il tendit deux de ses appendices, déplia des ailes diaphanes et sautilla comme s'il voulait s'envoler.

Sans succès.

— J'ai essayé de le tuer. (Wilkins se déplaça pour ramasser son marteau, puis il s'avança et le leva au-dessus de sa tête.) J'ai voulu le tuer, et c'est là que Swanson est revenu à la vie.

Avant qu'il n'ait pu abattre son marteau, une forme fantomatique s'éleva au-dessus du tas d'ossements. L'homme était plus grand que Wilkins, et très maigre. Il avait un bandeau sur l'œil.

— Tu m'as tué, Leroy Wilkins, dit-il en pointant un doigt accusateur. Tu m'as tué et je suis venu me venger.

Le spectre se précipita sur le vieil homme, les poings serrés.

Wilkins se ratatina contre le mur.

Utilisant ses pouvoirs, Isabel essaya d'effacer le spectre du rêve, mais elle réussit seulement à le figer.

Wilkins se laissa glisser le long du mur. Derrière ses bras levés, il gémissait pitoyablement.

— Monsieur Wilkins, appela Isabel.

Elle approcha de lui, consciente qu'il pouvait l'attaquer simplement parce qu'il avait peur.

— Ce n'est pas Swanson. Et c'est lui ! Il veut me tuer.

— Ce n'est pas réel, monsieur Wilkins. Juste un rêve. Vous n'avez pas à avoir peur.

— Vous auriez peur aussi si une de ces créatures était à vos trousses. Ce sont des démons venus de l'Enfer pour ramener Swanson. Vous l'avez vu.

— Rien de tout ça n'est réel ! insista Isabel.

— Ces monstres sont réels. Et vous ne pourrez pas les arrêter.

Isabel jeta un coup d'œil au fantôme. Avait-il bougé ? Kyle avait sûrement raison : les spectres lisaient dans les esprits des gens. Au moins, ils accédaient à leur subconscient pour y trouver l'image qui les terrifierait le plus.

— Où avez-vous trouvé cet insecte ? demanda-t-elle à Wilkins.

— Ce terrain ne valait pas la peine de se casser le dos.

— Où l'avez-vous trouvé ?

Soudain, le fantôme se libéra. Même si Isabel savait qu'elle n'en avait pas perdu le contrôle, Wilkins ayant simplement repris celui de son rêve, l'angoisse la submergea. Consciente qu'elle ne pouvait pas être blessée, elle était pourtant terrifiée.

Wilkins hurla quand le fantôme l'attrapa. Le bruit d'un cœur qui bat emplit la pièce. Cette fois, le rythme en était subtilement différent.

Isabel essaya de saisir le fantôme par les épaules, mais ses mains passèrent à travers. Elle recommença, cette fois pour tirer vers elle le vieux prospecteur. Le résultat fut le même. Le spectre et l'homme étaient tous deux aussi intangibles pour elle.

— Monsieur Wilkins, je dois savoir où vous avez trouvé l'insecte !

Soudain, la lumière baissa. Très vite, Isabel se retrouva dans le noir, sans rien pour s'orienter.

Pour autant qu'elle le sût, le monde avait cessé d'exister.

Le fantôme disparut lentement, comme de la fumée soulevée et emportée par le vent.

Wilkins resta seul contre le mur.

Puis les battements de cœur se turent.

Des voix déchirèrent l'obscurité.

— Code Bleu ! J'ai un Code Bleu !

— Son cœur s'est arrêté. Commencez le massage.

Wilkins se recroquevilla en position fœtale. Des larmes coulaient sur son visage.

— J'ai peur, dit-il. Je ne veux pas partir.

— Il est en arrêt, dit une des voix-off.

— Ce type est vieux, répondit une autre. Même si nous réussissons à le sauver, il aura des séquelles.

— Nous lui avons déjà cassé plusieurs côtes…

Isabel pensa que ce devait être une série qui passait à la télévision dans la chambre du malade.

— Ne partez pas, supplia Wilkins. Je ne veux pas être seul.

— Je ne peux pas vous aider… Mais le personnel médical, oui. C'est ce qu'il fait, en ce moment même.

— Il est trop tard. Ils ne peuvent pas m'aider.

— Dégagez ! cria quelqu'un.

La voix semblait venir de très loin.

— Je ne sais pas quoi faire, dit Isabel.

— Restez avec moi, demanda Wilkins, désespéré.

L'obscurité trembla autour d'Isabel.

— Rien, dit une voix.

— On recommence. Dégagez !

Il y eut une autre secousse. Cette fois, Leroy Wilkins

disparut. Isabel était désormais seule dans une obscurité qui essayait de l'engloutir. Elle voulut retourner dans son corps, sentir le vieux canapé inconfortable de Michael… et découvrit que c'était impossible.

Elle était coincée !

Soudain, une tache d'un noir encore plus profond apparut près d'elle, l'attirant comme une flamme attire un papillon…

— Isabel Evans.

La voix lui sembla familière, mais elle ne réussit pas à l'identifier. La jeune fille essaya de se retourner, mais la fascination de la tache noire qui flottait devant elle était trop grande.

Une main saisit la sienne et la tira en arrière. Se retournant, elle reconnut Chien de Rivière.

— Venez. Il ne reste plus beaucoup de temps.

— Qu'est-il arrivé à Leroy Wilkins ? demanda Isabel, oubliant enfin la tache noire.

— Son temps sur terre est écoulé, répondit Chien de Rivière. Vous ne pouvez rien pour lui. Il devra trouver la paix dans l'Autre Monde.

Isabel suivit le chamane et fut stupéfaite quand les ombres cédèrent soudain la place au désert. A la lumière du clair de Lune, elle entendit le sable crisser sous les semelles de ses chaussures.

— Où allons-nous ? demanda Isabel.

— J'ai trouvé les esprits, répondit Chien de Rivière. Et ils m'ont trouvé.

— Comment m'avez-vous localisée ?

En principe, personne n'aurait dû pouvoir la rejoindre dans les rêves de Wilkins. Mais elle ignorait encore beaucoup de choses sur son héritage. Elle acceptait ce qu'elle était capable de faire, et voilà tout !

— Je conduis une quête, Isabel Evans, répondit Chien de Rivière.

Malgré son âge, il courait sur le terrain accidenté. Un

lapin surgit de l'ombre d'un cactus et s'éloigna en bondissant sur le sentier illuminé par le clair de lune.

Désorientée, Isabel regarda la petite créature un instant. Mais depuis qu'elle s'était jointe à Chien de Rivière, elle sentait de nouveau le lien qui l'unissait à son corps, toujours allongé sur le canapé, dans l'appartement de Michael. Elle pouvait retourner là-bas en un clin d'œil, et elle le savait.

— Les animaux nous sentent, expliqua le chamane. Pendant une quête divinatoire, le voyageur du Peuple est très proche de la nature.

— Les esprits ne sont pas des fantômes, dit Isabel.

— Non. Ce sont des voyageurs, un peu comme votre ami, votre frère et vous.

— Ils viennent d'une autre planète ?

— Oui... Hâtons-nous ! S'ils découvrent que je vous parle, ils pourraient m'en empêcher.

— Pourquoi hantent-ils votre peuple ? demanda Isabel. Et Roswell ?

— Maintenant qu'ils sont sortis de leur sommeil, ils pensent devoir se protéger. Venez. Il faut nous dépêcher.

Quelques instants plus tard, Isabel vit qu'ils approchaient du bord d'une falaise. Et Chien de Rivière ne semblait pas vouloir s'arrêter.

— Une falaise ! cria-t-elle.

— Aucune importance, répondit le chamane.

Résistant à l'impulsion de planter ses talons dans le sol, Isabel courut avec Chien de Rivière. Si le pire arrivait, elle mettrait un terme à l'aventure en retournant dans son corps.

Encore deux pas et elle lévitait près de vingt mètres audessus du sol.

Elle tomba.

Tandis que la terre se rapprochait, elle regarda ses bras et fut stupéfaite de les voir se couvrir de plumes.

— Venez, dit Chien de Rivière.

Isabel le regarda et constata qu'il s'était transformé en

chouette. Découvrant son propre reflet dans les deux lunes dorées qu'étaient devenus ses yeux, elle vit qu'elle était aussi devenue une chouette. Une vague d'angoisse mêlée de joie enfantine déferla en elle.

Instinctivement, elle se laissa porter par un courant ascendant. Après quelques battements d'ailes hésitants, elle suivit Chien de Rivière dans le ciel nocturne.

— Venez, répéta le chamane.

Isabel accéléra sans peine, comme si elle avait volé toute sa vie.

CHAPITRE XVII

— Et tu t'es transformée en oiseau ?

Isabel regarda Michael.

— En chouette, corrigea-t-elle.

Elle était assise sur le canapé, un peu lasse après son aventure.

— C'est du pareil au même, fit le jeune homme en haussant les épaules.

— Dis comme ça, ça devient aussitôt beaucoup moins cool, marmonna Maria.

Michael se tourna vers elle.

— Tu trouves cool de se métamorphoser en oiseau ?

— Pas en n'importe quel oiseau, insista Isabel. Une chouette. Et oui, c'était cool.

— Tant mieux pour toi. Mais ça nous apporte quoi ?

Isabel se leva avec l'aide de Max.

— Chien de Rivière m'a montré sa grotte. C'est là que les… voyageurs… l'ont pris.

— Ils l'ont capturé ? demanda Valenti.

— En quelque sorte. Son corps est resté où il l'a laissé, mais ils tiennent son esprit. Au moins c'est ce qu'ils croient. Ils ignorent qu'il m'a parlé. Venez. Je vous expliquerai tout en route.

A côté de l'ancien shérif, Max regardait si fixement la route que ses yeux le brûlaient. L'anxiété le minait.

Valenti roulait dix bons kilomètres au-dessus de la vitesse autorisée. Ils avaient déjà dépassé deux voitures de police, un véhicule du bureau du shérif et cinq camions pleins de Gardes Nationaux. La radio et le scanner intégrés au tableau de bord continuaient de signaler une grande activité ectoplasmique dans et aux alentours de Roswell.

Les forces de l'ordre se déployaient pour couvrir tout le terrain.

— La zone contaminée est de plus en plus large, dit Valenti.

Max acquiesça. Des rapports arrivaient désormais de l'autre bout de Roswell. A cette vitesse, la contamination aurait gagné d'autres villes au matin.

— Isabel est de nouveau avec nous ?

Max jeta un coup d'œil vers le siège arrière, où avaient pris place Maria, Isabel et Liz. Michael et Kyle voyageaient sur la plate-forme.

Isabel était en sandwich entre les deux autres jeunes filles. Elle s'était rendormie pour interroger de nouveau Chien de Rivière. Il leur fallait de plus amples informations pour affronter les voyageurs.

— Non, répondit Max.

Incapable de s'en empêcher, il regarda par la vitre, cherchant deux chouettes dans le ciel nocturne. Mais c'était sans doute idiot. Isabel rêvait qu'elle était une chouette. Ça ne signifiait pas qu'elle se transformait réellement.

— Crois-tu qu'elle parle vraiment à Chien de Rivière ? demanda Valenti. Ou que ces… voyageurs… nous tendent un piège ?

Max n'eut pas à réfléchir longtemps à la question.

— Elle parle vraiment à Chien de Rivière. Dans le cas contraire, elle le saurait.

— Je n'en suis pas si sûr. Aujourd'hui, j'ai croisé le fantôme d'une femme que je croyais ne jamais revoir. La plupart des gens de cette ville ne se souviennent pas de ce meurtre. Si les voyageurs ont trouvé des informations sur cette affaire, ils peuvent peut-être aussi produire une imitation très convaincante de Chien de Rivière.

— Non, insista Max. Isabel le saurait.

— Nous sommes peut-être en train de nous jeter dans la gueule du loup.

Max hocha la tête.

— Nous allons les rencontrer sur leur terrain. C'est la même chose.

— Le pire, c'est que tu as probablement raison !

— Mais nous n'avons pas le choix, ajouta Max. Si nous n'essayons pas de les arrêter, les choses iront de mal en pis. La situation a déjà attiré l'attention des agences gouvernementales. Elles pourraient s'intéresser de nouveau à Roswell.

La dernière fois que c'était arrivé, ils avaient failli être pris – ce serait arrivé, sans l'intervention de Nasedo.

— Max, répondit Valenti, je doute qu'elles aient jamais cessé de s'y intéresser.

Interloqué, le jeune homme le regarda.

— Je n'ai rien vu ni entendu de précis. Mais j'ai eu affaire à des agents du gouvernement, il y a quelques mois, et j'ai pu voir comment ils fonctionnent. Enfin, pas d'aussi près que toi…

Max hocha la tête. Il n'oublierait jamais les horreurs subies dans la chambre blanche où on l'avait gardé prisonnier.

— Les types du gouvernement n'abandonnent jamais, continua Valenti. Ils se contentent de s'éloigner, le temps de trouver un autre angle d'attaque. Alors ils recommencent tout…

— Plutôt pessimiste, comme raisonnement, dit Maria.

— C'est peut-être à cause des événements… Ou c'est moi… Kyle me dit sans cesse que je dégage trop d'énergie négative, ces derniers temps.

— Il serait peut-être préférable de laisser le gouvernement ou l'armée se charger de cette affaire, dit Maria.

— Non, répondit Valenti. Tu as déjà vu le gouvernement à l'œuvre. Quoi que puissent être ces… voyageurs… Les agents essayeraient de les contrôler. De voir s'ils peuvent les utiliser. Je ne sais pas ce qui m'inquiéterait le plus : qu'ils y arrivent, ou non.

— Il a raison, renchérit Max. Nous devons le faire nous-mêmes.

Si Isabel et Chien de Rivière récoltent assez d'informations...

Savoir où trouver les voyageurs ne serait pas suffisant – à moins de vouloir se faire tous tuer, bien sûr...

Sous sa forme de chouette, Isabel survolait le désert. Et elle y voyait aussi bien qu'en plein jour...

Désormais, elle prenait d'instinct les courants ascendants. La rapidité de son apprentissage ne cessait pas de la surprendre. Bien sûr, dans les rêves, tout était possible. Kyle l'avait découvert quand elle avait fait apparaître pour lui la fille qui figurait sur la page centrale d'un numéro de *Playboy*. Mais il n'avait pas eu *tout* ce qu'il aurait souhaité.

Les yeux perçants d'Isabel repérèrent Chien de Rivière, assis sur une crête, près de l'endroit où gisait son corps.

Si elle avait eu le temps de réfléchir à tout ça, Isabel savait qu'elle aurait fini par devenir dingue...

Sur la crête, Chien de Rivière lui fit un signe de la main.

Isabel vira sur l'aile, perdit de l'altitude et se rétablit juste à temps pour éviter de s'écraser.

D'habitude, quand elle se promenait dans les rêves, il lui suffisait de connecter son esprit à celui de la personne qu'elle cherchait. Mais pour atteindre Chien de Rivière, elle avait dû voler.

Quand elle arriva au-dessus de la tête du chamane, Isabel tendit une aile et il la prit dans sa main droite. Au moment où ses pieds touchaient terre, ses plumes redevinrent des doigts.

L'Indien l'aida à atterrir en douceur.

— Merci, dit-elle.

— Vous êtes revenue...

— Oui.

— Le voyage a-t-il été difficile ?

— Non. Mais j'ai dû vous chercher. D'habitude, je n'en ai pas besoin.

— Avez-vous amené les autres ?

— Ils sont en route. *Nous* sommes en route.

— Vous leur avez dit que le danger était terrible ?

— Oui.

— Beaucoup de gens refuseraient de courir un tel risque.

— Nous estimons ne pas avoir le choix. Et je crois que vous le pensez aussi. C'est pour ça que vous êtes allé dans les collines à la recherche des voyageurs.

— Peut-être..., dit Chien de Rivière.

— Nous n'avons pas beaucoup de temps, le pressa Isabel. Qu'avez-vous découvert ?

Lors de leur précédent entretien, Chien de Rivière lui avait dit que la part de son être que détenaient les voyageurs apprenait des choses sur eux sans qu'ils se doutent de rien. Et elle pouvait communiquer ces informations à celle qui était en quête. Mais ce que faisait cette dernière – par exemple, parler avec Isabel – restait un mystère pour l'autre.

— Les voyageurs sont arrivés ici bien avant que les Chinois ne commencent à compter les jours. Ils rentraient chez eux après une bataille stellaire quand leur vaisseau tomba en panne. Avant, ils pouvaient passer d'une étoile à l'autre...

Isabel écouta avec attention, car elle devrait tout répéter à Max et aux autres.

— Les voyageurs avaient ordre de garder leur position jusqu'à ce que leur vaisseau soit réparé ou qu'ils puissent l'abandonner, continua Chien de Rivière. Mais ils durent fuir devant leurs ennemis, des guerriers féroces. Ils firent un dernier saut hyperspatial. Quand ils revinrent dans l'espace normal, leur navire était encore plus endommagé. L'attraction de la lune les emprisonna, puis ce fut celle de la Terre. Ils s'écrasèrent dans le désert comme une comète enflammée. Peu à peu, le sable recouvrit le vaisseau, à l'endroit que je vous ai montré lors de notre précédente rencontre.

— Comment parvenez-vous à communiquer avec eux ? demanda Isabel, stupéfaite par la quantité d'informations qu'il avait réussi à leur soutirer.

— Comme ils communiquent avec moi, répondit le chamane. Ça fait partie de la quête. Les premiers Mesalikos qui ont rencontré les voyageurs ont peut-être appris ça d'eux. A moins que ce ne soit l'inverse.

— Combien y a-t-il de voyageurs ?

— Je ne sais pas. Je leur ai posé la question, mais leur réponse est restée très vague. Les drones m'interrogent en ce moment même.

— Les drones ? demanda Isabel. Les insectes de métal ? Comme celui qui a été retrouvé sur le corps de Swanson ?

— Oui. Ils sont des milliers. Une vraie fourmilière. Je les ai vus. Après l'enlèvement, je n'ai plus revu les quatre voyageurs. J'ai affaire exclusivement à leurs serviteurs.

— Comment vous ont-ils trouvé ?

— Je crois que c'est grâce à la quête. Une fois que c'était fait, ils n'ont pas voulu me laisser partir. Et ils ne le veulent toujours pas.

Soudain, l'image de Chien de Rivière se brouilla. De l'inquiétude s'afficha sur son visage quand il regarda Isabel.

— Vous devez partir, murmura-t-il. Ils vous ont trouvés. Les serviteurs vous ont repérés. Et s'ils le peuvent, ils vous détruiront.

— Je reviendrais vite. Nous sommes en route.

La jeune fille réintégra son corps.

Dans le miroir du passager, Max vit Isabel remuer, puis se réveiller. Elle jeta un coup d'œil à la nationale.

— Ils arrivent, annonça-t-elle.

— Qui ? demanda Valenti.

— Les drones.

— Quels drones ?

— Les trucs insectoïdes.

— Comme celui que j'ai vu à l'hôpital, précisa Kyle.

— Et celui que j'ai vu dans le rêve de Leroy Wilkins, renchérit Isabel.

Max étudia la chaussée, se demandant s'ils verraient arriver les petites créatures.

— Qui sont les drones ?

— Des robots, répondit sa sœur. Les voyageurs s'en servent pour surveiller la réserve et Roswell.

— Du matériel d'espionnage, dit Michael.

— Et des armes, ajouta Isabel. Chien de Rivière affirme que le vaisseau en est plein. Ils sont censés le réparer.

— Tu as vu les voyageurs ? demanda Maria.

Isabel secoua la tête.

— Chien de Rivière m'a raconté que quatre d'entre eux sont entrés dans sa grotte et l'ont capturé.

— Je croyais qu'il était dans une grotte de prière, ou un truc comme ça.

— Chien de Rivière est bien dans la grotte ! Il pensait qu'ils l'avaient capturé. Mais ce n'était qu'une illusion. Ils l'ont rudoyé, essayant de lui soutirer des informations sur nos faiblesses. C'est comme ça qu'il a découvert qu'il était toujours plongé dans sa quête. (Elle s'interrompit.) Il y a un chemin de terre, sur la droite. C'est par là qu'il faut aller.

— Ils ont capturé Chien de Rivière pendant sa quête ? demanda Maria.

— Oui.

— Un prisonnier mental, dit Kyle.

— Plus ou moins, dit Isabel.

— Donc, Chien de Rivière n'est jamais allé dans le vaisseau spatial, dit Valenti.

— Je l'ai vu, annonça Isabel.

L'ancien shérif regarda la jeune fille dans le rétroviseur.

— Sans vouloir t'offenser, je crois que tu as vu ce que tu pensais être un vaisseau spatial – celui des voyageurs – pendant que tu te baladais dans les rêves avec Chien de Rivière.

— Peut-être, mais c'est le seul plan que nous ayons, rappela Max.

— Si les voyageurs ont capturé Chien de Rivière, comment leur a-t-il échappé ? demanda Valenti.

Il s'engagea dans le chemin de terre quand Isabel le lui indiqua. A cette vitesse, les pneus eurent du mal à adhérer au sol. Le pick-up dérapa un peu, puis repartit.

— Quand je vais dans les rêves, ce que je vois est réel. Vous le savez. C'est comme ça que nous avons retrouvé Laurie Dupree dans le bois de Frazier.

Max nota que personne ne fit de commentaire. A long terme, sauver Laurie Dupree leur avait à tous coûté quelque chose.

— Comment Chien de Rivière peut-il être à plusieurs endroits à la fois ? demanda Maria.

— Quand je quitte mon corps, une partie de mon esprit reste avec lui, pour garder actif mon système végétatif.

Maria se tourna vers Michael et précisa :

— Entre autres choses, le système végétatif fait fonctionner ton cœur et tes poumons pendant que tu dors.

— Je le savais ! grogna Michael.

— Un jour, je saurais peut-être imiter Chien de Rivière et diviser mon esprit pour être à plusieurs endroits à la fois.

— Un *doppelgänger*, dit Kyle. Un autre soi-même. Tous ceux qui sont sortis de leur corps en parlent.

— Un clone mental, avança Michael.

— Un système maître-esclave comme celui d'un ordinateur, renchérit Maria.

— Peu importe la théorie ! fit Valenti. Nous devons accepter que l'esprit de Chien de Rivière peut être à deux endroits à la fois.

Max garda les yeux rivés devant lui.

Le pick-up soulevait un nuage de poussière géant qui les suivait comme un prédateur. Des petits objets métalliques apparurent devant et derrière le véhicule, reflétant la lumière des phares ou celle de la lune.

— Là, dit Max, en tendant un index.

Valenti plissa les yeux pour mieux voir.

— C'est peut-être de la poussière prise dans la lumière de la voiture…

Mais le nuage de « poussière » changea de direction et vint à leur rencontre.

— Ou peut-être pas…, souffla Michael.

Le plus angoissant, dans cette attaque, décida Max, c'était le silence. Les drones approchèrent rapidement, comme s'ils n'étaient pas soumis à la gravité. Suivant les contours du terrain, ils foncèrent sur le pick-up.

— Comment nous ont-ils trouvés ? demanda Valenti.

— Je l'ignore, répondit Isabel.

— Aucune importance ! fit Michael. Continuez ! Que veulent faire ces trucs ? S'écraser contre le pick-up ? Ce serait stupide.

— Ils ne pensent pas indépendamment, dit Isabel. Ils sont conçus pour *réagir*.

Max regarda les drones se rapprocher du pick-up. Le nuage n'était pas compact, mais divisé en « escadrilles ». Une seconde plus tard, la première vint s'écraser contre le véhicule.

Des impacts fleurirent sur le pare-brise. Valenti et Max reçurent quelques éclats de verre Sécurit. Ni l'un ni l'autre ne furent blessés, mais Max compris que le pare-brise ne tiendrait pas longtemps. Si l'attaque continuait, les drones réussiraient à le traverser et déchiquetteraient leurs cibles de chair et de sang.

— Max ! appela Isabel.

Max tendit la main. Une énergie bleue jaillit de sa paume, générant un champ de force. Il commença par protéger le pare-brise, puis regarda les drones percuter son bouclier et se consumer.

Valenti jura, pas très content de la tournure des événements. Un des phares du pick-up explosa.

Gardant le champ de force en place, Max l'étendit autour du véhicule jusqu'à ce qu'il forme une bulle protectrice. Mais conserver le contrôle de ce bouclier dans une voiture en mouvement ne serait pas facile.

Le pick-up ralentit un peu.

— Continuez, dit Max.

— Il y a des gens, dit Valenti. Devant nous.

Max plissa les yeux et vit des silhouettes sortir de l'obscurité. L'unique faisceau de lumière du pick-up illumina des hommes et des femmes au visage ensanglanté. Certains avaient perdu un bras ou une jambe. D'autres se traînaient sur le sol à la force des poignets.

CHAPITRE XVIII

— Foutus zombies ! cria Michael.

Voyant les morts qui leur bloquaient la route, Max dut convenir que son ami avait bien résumé la situation. Les zombies avançaient comme une meute de prédateurs vers le pick-up qui fonçait sur eux. Et les drones continuaient de percuter le champ de force.

Valenti freina à mort. Le pick-up zigzagua, soulevant un tourbillon de sable. Voyant qu'il ne réussirait pas à s'arrêter à temps, l'ancien shérif commença à tourner le volant.

— Max ! cria Liz. Je ne vois pas de zombie !

Le pick-up s'arrêta enfin. Le nuage de poussière les enveloppa comme une vague qui vient s'échouer sur une plage.

L'effort que produisait Max pour garder en place le champ de force commençait à se faire sentir. L'attaque des drones touchait à sa fin, mais quelques-uns venaient encore s'écraser contre son bouclier d'énergie.

De l'autre côté du champ de force, les zombies avançaient vers le pick-up.

— Tu les vois, Max ? demanda Valenti, le regard rivé sur les morts. Tu les vois…

— Oui, mais…

— Il faut nous tirer d'ici !

Valenti passa la marche arrière et écrasa l'accélérateur.

— Non, dit Max. Ils ne sont pas réels.

Il posa la main sur l'épaule de Valenti…

… Qui hésita, puis freina de nouveau et regarda les créatures qui avançaient toujours.

— Ils sont réels, Max.

— Non. C'est une illusion.

— Impossible !

— Réfléchissez, insista le jeune homme. Vous avez déjà vu ces gens. Qui sont-ils ?

— Des malheureux que j'ai vu mourir ou qui étaient déjà morts à mon arrivée sur les lieux. Des victimes d'accidents de la route, d'incendies, de meurtres et de suicides. Uniquement des morts violentes.

— Impossible qu'ils soient tous ici ! dit Max. Ça ne peut pas être réel.

— Ça a l'air de l'être.

— Mais ça ne l'est pas !

— Papa, dit Kyle. Je ne vois rien devant nous, à part la route.

— Les drones essaient de nous faire fuir, dit Max. Comme ils essaient de chasser les Mesalikos et nos concitoyens. (Tendant la main, il remit la marche avant.) Fonçons ! Pas question de nous arrêter. Nous approchons du but et nous sommes les seuls à pouvoir faire quelque chose.

— D'accord, allons-y, souffla Valenti.

Il écrasa l'accélérateur.

Le pick-up fonça vers les zombies.

— Pas réels, murmura Valenti. Bon sang, ils ne sont pas réels !

Max s'attendait à voir les zombies disparaître quand son champ de force entrerait en contact avec eux. Mais ils passèrent à travers et se jetèrent sur le véhicule.

Valenti leva le pied de l'accélérateur. Max saisit le volant de la main gauche et plaqua la botte de l'ancien shérif sur la pédale.

— Non, dit-il. Allons-y !

Les zombies s'accrochèrent au pick-up et essayèrent d'y entrer. Une femme à qui il manquait la moitié du visage regarda Max.

Certain que c'était une illusion créée par les drones, il n'en trouva pas moins ce regard énervant. Cessant de projeter son champ de force, il tendit la main et la posa sur la tempe de Valenti.

Si les drones utilisaient un pouvoir mental pour influencer l'ancien shérif, son don de guérison pourrait peut-être le neutraliser.

Il déversa de l'énergie dans l'esprit de Valenti et sentit quelque chose qui n'aurait pas dû être là, comme une épine enfoncée dans de la chair. Elle résista à sa tentative d'extraction un instant, puis disparut.

Les zombies aussi.

Max retira sa main.

— Ils n'étaient pas réels, dit Valenti.

— Non, confirma le jeune homme en se tassant sur son siège.

Il sonda la nuit, mais ne vit plus aucun drone.

— Ce n'est plus très loin, annonça Isabel. Après ce virage, il faudra continuer à pied.

Ils avaient rencontré les zombies après environ dix kilomètres de route. Le chemin de terre n'allait pas plus loin.

Max descendit du pick-up au pied de la colline où les avaient conduits les indications d'Isabel. C'était un promontoire désolé, à peine un rocher battu par les vents. Bref, un endroit à part, même dans ce désert. Dans le lointain, le vent mugissait. Des nuages noirs s'amoncelaient, voilant les étoiles.

— Ça flanque la chair de poule, hein ? fit Liz, debout de l'autre côté du pick-up.

— Pas autant que la nuit où l'orage a éclaté, dit Michael en sautant de la plate-forme. (Un petit sourire flottait sur ses lèvres, comme s'il se réjouissait de la confrontation à venir.) Comparé à ça, la balade de cette nuit ressemble à une promenade dans le parc.

Mais ce n'est pas une promenade dans le parc !

Les voyageurs et les drones étaient tapis, quelque part.

Valenti et Kyle descendirent à leur tour. L'ancien shérif était armé d'un fusil.

— Pas exactement le look : « Je Viens En Paix », dit Michael.

Valenti eut l'air vaguement gêné.

— Ces créatures ne sont pas du genre à venir en paix. Alors, je vais leur montrer de quoi nous sommes capables !

— Ça me va…

Max les regarda.

— Je ne veux pas de blessés ! dit-il. Dans aucun camp !

— Ces créatures ne nous déroulent pas vraiment le tapis rouge, Maxwell, rappela Michael.

— Les voyageurs sont coincés ici, insista Max. Comme nous l'avons été. Comme nous le *sommes* encore ! Et ils n'ont pas eu la possibilité de se mêler à la population locale…

— Ils auraient pu créer des illusions plus sympas ! Nous leur rendrons la monnaie de leur pièce !

Max voulut protester. Mais il se sentait las et frustré. Quoiqu'il fasse ces derniers temps, tout tournait mal. Ce qu'il avait eu de bien dans sa vie lui avait glissé entre les doigts. Il ne s'était jamais senti aussi seul.

— Michael a raison, Max, dit Liz. Peu importe la manière de s'y prendre. Les voyageurs doivent être vaincus.

Valenti alluma une torche.

— Tout ça ne nous avance pas beaucoup. Il faut jeter un coup d'œil à ce vaisseau. Si on ne trouve pas une solution, on fera appel à l'armée. Allons voir à quoi nous nous attaquons, puis nous aviserons.

Personne ne trouva rien à redire à cette tactique.

— J'ai d'autres lampes dans le coffre, ajouta l'ancien shérif. En route !

Valenti les guidait dans les ravins que l'eau et le vent avaient creusés dans les collines au fil du temps. Isabel le suivait, indiquant la direction à suivre.

Max formait l'arrière-garde. Il surveillait Liz et Maria,

qui entouraient Michael. Derrière eux, Kyle avançait en jetant des regards apeurés autour de lui.

— Pourquoi n'attaquent-ils pas ?

Il avait à peine fini sa phrase quand un bourdonnement sourd retentit.

— Maxwell ! cria Michael.

Max réagit au quart de tour. Tendant la main, il créa un champ de force. Avant que les drones ne les atteignent, la foudre fracassa des rochers devant eux et le tonnerre gronda.

Max tint bon. Il ignorait ce qui se passerait si un éclair frappait son bouclier, mais il savait ce qui arrivait à un humain frappé par la foudre. Le clair de lune se reflétait sur les corps argentés des drones.

Les premiers vinrent percuter le champ de force et se désintégrèrent.

Soudain, un éclair zébra à la surface du bouclier, et Max fut projeté en arrière avec le sentiment d'avoir pris un coup de marteau dans la poitrine. Il percuta le mur de roche. Le souffle coupé et la vision un peu floue, il vit que le champ de force n'était plus là pour les protéger.

Valenti épaula son fusil et tira plusieurs fois sur les drones. Les insectes de métal touchés disparurent. Mais il en restait des centaines...

Max voulut générer un autre champ de force, mais il n'y parvint pas. Il n'arrivait plus à respirer, ni à utiliser ses pouvoirs.

Pas vraiment impressionné par les éclairs qui crépitaient autour de lui et creusaient des cratères de la taille de ses poings dans la roche. Michael avança et leva les mains. Un instant, elles furent auréolées d'une énergie bleue qu'il libéra d'un coup.

Deux rayons bleus jaillirent. Quand ils touchèrent les premiers drones, ils explosèrent, détruisant ceux qui les suivaient. En quelques instants, la réaction en chaîne créée par Michael eut anéanti tous les insectes de métal.

— Ouah ! fit le jeune homme.

Max ne fut pas aussi surpris que son ami. Il avait vu Michael détruire une voiture avec ses pouvoirs…

— C'est grâce à leur interconnexion, dit Isabel. C'est elle qui a permis à l'énergie libérée par Michael de passer de l'un à l'autre. Il doit s'agir d'un lien électromagnétique. C'est sans doute ça qui leur permet de lancer des éclairs.

— Un peu comme une guirlande de pétards, approuva Michael.

Valenti rechargea son fusil. Puis il se tourna vers Isabel.

— C'est encore loin ?

— Non, répondit-elle.

Elle repartit si vite que l'ancien shérif dut courir pour la rattraper.

Max se releva. Sa respiration sifflait toujours et la tête lui tournait un peu.

Liz le regarda.

— Ça va ?

— Oui…

Max s'efforça de cacher que ses jambes menaçaient de se dérober. Il marcha d'un bon pas, tous les sens en alerte, au cas où un autre essaim de drones s'abattrait sur eux.

Quelques instants plus tard, ils atteignirent une fissure qui ressemblait davantage à une blessure qu'à l'entrée d'une grotte. Au fond, une masse de cailloux et de terre se détachait sur le sable. La terre était noire et encore humide, comme si elle avait été fraîchement retournée.

— Ils ont travaillé à libérer le vaisseau. (Isabel braqua le faisceau de sa lampe sur l'entrée de la grotte.) Personne ne vient jamais par ici, alors on n'a jamais découvert leur existence.

— Depuis combien de temps travaillent-ils ? demanda Max.

— Depuis qu'ils sont ici…

Son frère éclaira l'intérieur de la grotte.

— D'après Chien de Rivière, ils sont arrivés il y a des milliers d'années !

— Cette information n'est pas claire, répondit Isabel. Les

voyageurs et leurs drones ne savent pas combien de temps a passé depuis le crash. Ils sont conscients d'une seule chose : le monde a changé autour d'eux. Chien de Rivière pense qu'ils hibernaient, ou quelque chose comme ça..

— Ils attendaient de l'aide ? demanda Kyle.

— Peut-être…

— Sans doute ignoraient-ils qu'ils étaient portés disparus, dit Michael.

— Flash info ! lança Maria. L'un de vous sait pourquoi ils ne nous ont pas encore attaqués ? Puisque nous approchons de leur repère, ne devraient-ils pas tout faire pour nous en empêcher ?

— Ils ont peut-être peur, avança Liz. Apparemment, ils n'étaient pas préparés à affronter quelqu'un comme Michael.

— Il n'y a qu'un seul moyen de le découvrir, déclara Max.

Il entra dans la grotte.

Valenti le suivit et vint se placer sur sa droite, fusil épaulé. Leurs lampes parvenaient à peine à percer l'obscurité.

— Comment le vaisseau a-t-il pu s'enterrer si profondément ? murmura Kyle.

— Chien de Rivière pense qu'il a été presque recouvert par l'impact. Ensuite, le désert a achevé le travail.

Le faisceau de la torche de Max tomba sur des tronçons de rails rouillés, uniquement visibles là où les débris et le sable ne les avaient pas enfouis. Un wagonnet gisait sur le côté, un peu plus loin dans le tunnel.

— C'est un des sites où Leroy Wilkins et Terrell Swanson avaient commencé à creuser, dit Valenti. La police de la réserve les a coincés et jetés dehors.

— C'est sûrement ici que Swanson a trouvé le drone qu'il portait autour du cou, ajouta Liz.

— C'est possible, et même probable.

Au moment où Valenti finissait sa phrase, la grotte s'emplit du bruissement d'ailes miniatures. Max généra un champ de force entre eux et les petits robots, qui vinrent le percuter par dizaines.

— Baisse ton bouclier, Maxwell, dit Michael, alors que les drones tentaient de se regrouper.

Max obéit, mais il se tint prêt à intervenir. Michael lança une boule d'énergie sur un paquet de drones. Ils explosèrent, provoquant une réaction en chaîne. Comme la première fois, il n'en resta bientôt plus un seul.

Le tunnel faisait un coude sur la gauche et descendait. Max ne dut pas aller très loin pour trouver le vaisseau. Ou au moins l'endroit où il aurait dû être.

Un cul-de-sac ! La paroi qui se dressait devant lui était constellée de coups de pics. Entre ces marques béaient de petits trous.

— Les drones doivent entrer et sortir par là, dit Kyle. Dommage qu'aucun ne soit assez grand pour nous. Nous sommes coincés.

Max se tourna vers Isabel.

— Le vaisseau est derrière cette paroi ?

— Oui, je l'ai vu. En rêve, j'ai pu la franchir.

Michael avança.

— Bon. Il est ici. Tout ce qui reste à faire, c'est de l'atteindre, non ?

— Peut-être devrions-nous commencer par leur parler de…

Max n'eut pas le temps de finir sa phrase.

Michael leva les mains. Une énergie bleue jaillit de ses paumes et percuta la paroi avec un bruit de tonnerre. Des morceaux de roche se détachèrent, révélant une surface métallique mate et bosselée.

La grotte entière trembla. Max eut peur que la voûte leur tombe sur la tête. Miraculeusement, elle tint le choc, mais un nuage de poussière les enveloppa, accompagné par une averse de gravats.

Puis Max regarda à l'intérieur de la cavité déblayée par Michael. Quelque chose bougea, mais il ne réussit pas à voir quoi à cause du nuage de poussière.

— Attention ! cria Valenti.

Pétrifié, Max vit une espèce de liane jaillir du trou. La lumière de leurs lampes révéla que sa surface était métallique. Avant qu'il n'ait pu esquisser un geste, elle s'enroula autour de sa cheville et tira, le soulevant du sol.

La tête en bas, il percuta un rocher.

Sa vision s'obscurcit.

Puis il perdit connaissance.

CHAPITRE XIX

— Max ! cria Liz

La peur la submergea et son cœur manqua s'arrêter.

La créature qui entourait les jambes de Max ressemblait à un serpent, mais elle n'en avait jamais vu de si gros dans le désert. En comparaison, le plus grand anaconda sud-américain aurait eu l'air d'un nain.

— Max ! cria à nouveau Liz en se ruant en avant.

— Kyle ! lança Valenti.

Avant que la jeune fille ait pu atteindre Max, que la créature emportait, Kyle la ceintura et la tira en arrière.

— Lâche-moi ! ordonna-t-elle en se débattant. Lâche-moi !

Valenti fit feu. Un instant, Liz craignit qu'il n'ait tiré sur Max. Puis elle vit que le tentacule se brisait en deux, des objets de la taille de grains de pop-corn tombant de la cassure.

— Ce truc est composé de drones, dit Maria.

Liz constata que son amie avait raison. Les faisceaux de leurs lampes, tenues par des mains fébriles, balayèrent frénétiquement l'appendice. Ils virent mieux sa surface métallique et distinguèrent quelques drones individuels.

Max gisait sur le sol, du sang coulant sur sa nuque. Le morceau de tentacule coupé l'emprisonnait toujours.

— Max ! cria Liz pour la troisième fois en luttant pour se dégager de l'étreinte de Kyle.

Oh, Dieu, faites qu'il ne soit pas mort. Il ne peut pas être mort…

— Michael, dit Isabel.

Michael leva les mains et avança d'un pas. Mais avant qu'il n'ait pu libérer son pouvoir, une dizaine d'éclairs s'abattirent autour de lui, le projetant en arrière. Les autres aussi furent forcés de reculer.

De l'électricité crépitait dans l'air.

Soudain, l'extrémité du tentacule qui ne tenait pas Max se ressouda à l'autre. Reconstitué, l'appendice traîna le jeune homme dans le trou.

Il disparut sous le regard horrifié de Liz.

— Max !

Liz réussit à échapper à Kyle, heurtant involontairement son bras blessé. Le jeune homme glapit de douleur.

Quand il essaya de la retenir, il était trop tard.

Au moment où Liz arriva à l'entrée de la cavité et regarda en bas, Max disparut dans le vaisseau spatial enterré sous la colline.

Des larmes montèrent aux yeux de la jeune fille. C'était impossible ! Elle n'avait pas pu perdre Max ! Pas comme ça. Pas si brutalement.

Elle leva sa lampe.

Le vaisseau était toujours enfoncé dans la terre, mais les drones l'avaient en partie dégagé. Le métal de la coque, bleu-vert, brillait sous la lumière de la torche, mais il était couvert de grandes traînées noires et de bosses. A en juger par ce qu'elle voyait, le navire était énorme.

Quelque part à l'intérieur, Max souffrait.

— Hé, souffla Michael en posant une main sur l'épaule de son amie.

Liz se tourna vers lui et vit qu'il était inquiet. Elle avait rarement lu cette émotion sur son visage. Il était si fort, si cynique, avec sa façon de s'attendre toujours au pire, et si secret…

— Nous le récupérerons, dit-il.

— Il est peut-être temps d'appeler l'armée, marmonna Kyle.

— Si nous faisons ça, répondit son père, les militaires se demanderont pourquoi les voyageurs ont enlevé Max.

— Les amis, dit Michael, je peux blesser ces trucs. Ils le savent, et nous le savons.

— Mais ils peuvent aussi *te* blesser ! lança Kyle.

Michael haussa les épaules.

— Faites comme vous voulez… Moi, je descends…

Il avança.

Sans hésiter, Liz lui emboîta le pas.

Une migraine atroce réveilla Max. Il comprit qu'il était allongé le dos sur une surface dure. Ses jambes avaient été meurtries par la liane, mais elle les avait lâchées.

Il ouvrit les yeux et regarda autour de lui.

Les murs métalliques lui apprirent qu'il était à bord du vaisseau des voyageurs. Il se demanda si Chien de Rivière était toujours là et s'il voyait tout ce qui se passait. Dans ce cas, il pourrait au moins dire à Isabel et aux autres qu'il allait bien.

Une lumière rouge éclairait la pièce, venant des écrans et des consoles. Max ignorait à quoi servaient ces instruments. Etait-il dans le poste de pilotage ?

— Max.

Le jeune homme se tourna vers la voix sifflante et regarda, avec une fascination mêlée de stupeur, un flot de drones entrer et commencer à s'assembler, construisant une tour en moins de temps qu'il n'en fallait pour le dire.

En quelques secondes, les drones composèrent une silhouette vaguement humaine qui semblait sortie d'un film de science-fiction à petit budget.

— Que voulez-vous ? demanda Max en reculant d'un pas.

Il repéra une porte derrière lui. Elle était entrouverte. En forme d'iris, elle était composée de six panneaux qui coulissèrent avec un chuintement. Derrière, la salle était pleine de sable et de cailloux, mais des drones travaillaient à la déblayer.

La créature hésita. Puis son visage se tordit et se dota d'une bouche. Une seconde plus tard, l'être ouvrit les yeux. Ils étaient durs et brillants, comme des billes en argent.

— Cette apparence vous convient-elle mieux ?

— Pourquoi m'avez-vous amené ici ?

— Nous voulions vous parler.

La créature se brouilla comme un ordinateur qui repixelise une image pour obtenir une meilleure définition.

Le jeune homme attendit.

— Vous avez peur de nous, dit la créature.

— Oui.

— Pourquoi ?

— Vous vous êtes donné beaucoup de mal pour parvenir à ce résultat.

La créature inclina la tête, un mouvement humain qui souligna son étrangeté.

— C'est vrai, admit-elle, presque contrite. Nous sommes programmés pour ça. Notre fonction principale est la défense et la réparation de ce vaisseau.

— Qui êtes-vous ? demanda Max.

— Nous sommes… (La créature hésita.) Votre langage est un problème pour nous. Les conversations avec Chien de Rivière ne nous ont pas entièrement satisfaits. Mais nous avons beaucoup appris de lui. (La créature fluctua et la définition s'améliora encore, lui donnant une apparence plus humaine. Cette fois, sa nuance métallique s'estompa et sa pigmentation devint également plus normale. Mais son teint restait pâle et malsain.) Vous pouvez nous appeler le Constructeur.

Max réfléchit aux options qui s'offraient à lui. Sa tête pulsait douloureusement. Partir en courant était hors de question, parce qu'il ignorait où aller.

— Effrayer la population locale est nécessaire à la survie de notre équipage, dit le Constructeur. Nous avons largué une balise de détresse avant de pénétrer dans l'atmosphère de cette planète et d'être attirés par son champ de gravité. Nous attendons de l'aide.

Max regarda la créature qui lui faisait face pendant que ses traits se brouillaient de nouveau pour devenir encore plus humains. Quand ils se solidifièrent, il remarqua qu'elle avait des yeux gris-vert.

— Depuis combien de temps attendez-vous ?

— Nous n'en sommes pas certains... Quand nous étions en stase, plusieurs systèmes sont tombés en panne. Nous les remettons peu à peu en état de marche...

— Des milliers d'années ont passé, révéla Max.

— Et nous sommes toujours piégés ici...

— Où est l'équipage du vaisseau ?

— Il attend qu'on le secoure.

— Où ?

— Ça n'a pas d'importance...

Les traits du Constructeur se brouillèrent de nouveau. Les drones étaient un peu comme des caméléons. Dans la pénombre, la créature qu'ils composaient semblait humaine – comme son langage corporel, malgré ses imperfections.

— Je veux parler à un membre d'équipage.

— Ce n'est pas nécessaire. Vous pouvez dialoguer avec nous.

— Quelqu'un doit vraiment venir vous chercher ?

— La balise de détresse est en place.

— Avez-vous été en contact avec des secours ?

— Cela ne vous regarde pas !

— Vous faites du mal à des personnes que je connais, répondit Max. Vous harcelez mes concitoyens. Ça me regarde !

— Ce n'est pas votre peuple, Max. Nous vous avons analysé. Votre espèce nous est inconnue, mais nous savons que vous n'êtes pas natif de la Terre.

— Les humains finiront par vous trouver et ils vous attaqueront.

— Balivernes ! Nous les ferons fuir, rien de plus, car nous sommes programmés pour ne pas tuer. Nous nous servons des peurs primitives et des superstitions des civilisations qui peuplent ce monde. Les humains redoutent leurs ancêtres. Ils croiront que cet endroit est sacré et en feront un lieu tabou.

— Ce n'est pas ainsi que ça se passe.

Visiblement étonné, le Constructeur regarda Max.

— La civilisation à qui vous avez jadis eu affaire avait une manière différente de voir le monde, dit-il. Les premières civilisations craignaient les choses mystérieuses. Aujourd'hui, les gens veulent connaître le pourquoi et le comment de tout.

Et ils veulent tout contrôler.

— Non, insista le Constructeur. Nous avons adopté les tactiques d'approche et de défense appropriées. Nous protégerons l'équipage.

— Vous devez parler de tout ça à ses membres. Savent-ils ce qui se passe ?

— Nous sommes ici pour prendre soin d'eux et les protéger. Pas pour les gêner pendant qu'ils accomplissent leur mission.

— Laissez-moi leur parler !

— Impossible.

— Pourquoi ?

— L'équipage a du travail et ne doit pas être dérangé. Nous sommes ici pour le protéger et lui permettre d'être productif.

Max prit un ton plus dur. Il comprenait que quelque chose clochait, mais il ne savait pas quoi.

— J'insiste.

— Requête rejetée !

— Vous m'avez amené ici pour une raison.

— Vous devez communiquer avec vos amis en notre nom. Ils doivent quitter le vaisseau. Après le sauvetage, nous serons ramenés et réintégrés dans l'Unique.

— Quel « Unique » ?

— L'Unique que nous sommes tous, répondit le Constructeur. Celui dont nous nous sommes séparés pour entreprendre ce voyage. La totalité nous manque. Ne pas être entier est une torture.

— Je veux voir un membre de l'équipage !

— Impossible ! Nous existons pour prendre soin de nos frères dans l'Unique. Sans l'équipage, nous serions seuls, et à jamais coupés de l'Unique. Dites aux autres de partir !

— Vous avez peur de Michael ? Il peut vous détruire…

— Votre ami met le vaisseau en danger. Il menace l'équipage. Cela ne peut pas être toléré.

— Il y a quelques jours, vous étiez encore en stase, dit Max.

— Pour conserver notre énergie, confirma le Constructeur. Les convertisseurs ont souffert du crash. Nous avons décidé qu'il était plus sage d'hiberner avec l'équipage et d'attendre les secours.

— Pourquoi êtes-vous sortis d'hibernation ?

— Parce que nous avons senti un vaisseau près d'ici.

Le Granilith ! pensa Max.

La puissance que la nef avait utilisée pour retourner sur leur monde d'origine était incroyable.

— Quand ce navire a décollé, nous avons dû nous réveiller. Il nous était inconnu. Donc, il était possible qu'un ennemi ait découvert notre balise de détresse. Nous ne devrons plus dormir en attendant les secours. Et les communautés indigènes doivent être écartées selon un protocole qui a déjà fait ses preuves.

— Laissez-moi parler au commandant, exigea Max.

— Le responsable de ce vaisseau est occupé. Les travaux en cours doivent être achevés. Rien n'empêchera que nous soyons secourus.

Max avança d'un pas sans écouter l'instinct qui lui soufflait de ne pas affronter la créature.

Le Constructeur fluctua de nouveau, gagnant quelques centimètres.

— Restez où vous êtes !

— Je veux voir le capitaine de ce vaisseau !

Le Constructeur se déplaça à une vitesse inouïe. Il se

« coula » – littéralement – devant une porte fermée que Max n'avait pas remarquée à cause de l'obscurité.

— Restez où vous êtes ! Si vous approchez, je serais obligé d'employer la force. Ce n'est pas ce que nous voulons. Vous devez être notre messager.

— Amenez-moi voir le capitaine du vaisseau !

— C'est impossible !

Max se tourna et vit Michael entrer, suivi par Valenti, Isabel, Kyle, Liz et Maria. Tous échevelés, couverts de poussière et épuisés…

Isabel avança.

Le Constructeur bondit sur elle.

Michael leva des mains brillantes d'énergie.

— Un pas de plus et je vous grille sur place ! dit-il.

Le Constructeur recula.

— Comment ça, impossible ? insista Max.

— L'équipage doit être protégé.

— Il n'y a pas d'équipage, dit Isabel. Chien de Rivière l'a découvert et me l'a montré. Ces créatures…

Elle regarda son frère.

— Elles se font appeler le Constructeur, répondit-il.

— Pour ne pas devenir fou, le Constructeur s'est caché la mort de l'équipage.

La jeune fille approcha de la porte.

— Cet accès n'est pas fonctionnel, dit le Constructeur. Nous ne l'avons pas encore réparé, parce que nous n'en avons pas eu besoin.

Isabel passa une main devant la plaque d'ouverture.

L'iris se rétracta aussitôt.

— Non ! cria le Constructeur.

Michael lança une boule d'énergie qui atteignit l'entité aux genoux, les fracassant.

Le Constructeur se sépara en deux pour sauver ce qui pouvait encore l'être. Le haut de son corps tomba sur le sol couvert de poussière et de débris. Sous les yeux de Max et de ses amis, des drones coururent s'ajouter au construct qui fonctionnait comme une ruche.

Le Constructeur se recomposa des jambes.

Isabel prit Max par le coude.

— Viens, dit-elle. Il est temps qu'ils regardent la vérité en face.

Max suivi sa sœur. Liz et les autres leur emboîtèrent le pas, Michael et Valenti veillant à rester entre le Constructeur et eux.

Le centre de la pièce était occupé par une structure ronde d'où partaient des capsules tubulaires à la surface vitrée poussiéreuse.

— L'équipage n'a pas survécu, dit Isabel. Au moment du crash, le système d'hibernation a été endommagé.

Elle essuya la surface d'un tube, révélant le squelette qui gisait à l'intérieur. Bien qu'humanoïde, il avait des cornes et des mains à quatre doigts qui ne laissaient aucun doute sur ses origines extraterrestres.

— Comment le Constructeur a-t-il pu l'ignorer ?

— Il y a eu un accident, dit une voix profonde.

Levant les yeux, Max vit une autre silhouette se matérialiser au centre de la salle. Elle était moins humaine que celle du Constructeur, comme si les drones qui la composaient ne pouvaient plus bien fonctionner ensemble.

— Les vaisseaux ennemis nous ont canardés, expliqua la créature en baissant la tête pour regarder les capsules. Nous avons tenté de sauver l'équipage, mais les dégâts étaient trop importants. Nous aurions voulu mourir avec nos frères dans l'Unique, mais nous ne pouvions pas nous suicider, parce que c'est contraire à notre programmation. Pour ne pas perdre la raison, nous avons fabriqué un Gardien qui ignore la vérité.

— Mensonges ! cria le Constructeur.

Il entra dans la salle, évitant de s'approcher de Michael et de faire des gestes brusques.

— Non ! dit l'autre Constructeur. Nous avons tenté de sauver nos frères dans l'Unique. En vain. Après l'atterrissage, nous nous sommes forcés à croire que l'équipage était vivant et que nous devions le protéger jusqu'à ce que les secours arrivent. Nous séparer d'une part de nous-même fut une expérience terrible, mais nous avons réussi.

— Non ! hurla le premier Constructeur, dont les traits se brouillaient, comme s'il perdait le contrôle de sa substance même. Vous les avez tués ! Parce que vous n'étiez pas assez compétents pour les sauver !

La seconde créature vint se camper face à son accusateur.

— Nous n'étions pas assez compétents, c'est vrai. Mais nous n'acceptons pas de porter le blâme. Tout ce que nous voulions, c'était être intégrés à l'Unique sur notre planète. Nous avons tant sacrifié en voyageant à bord de ce vaisseau pour aider l'équipage…

— Nous aurions dû mourir avec lui.

— Mais nous vivons. C'est ainsi, voilà tout.

— Ce n'est pas notre monde. Ici, nous ne pouvons pas nous intégrer à l'Unique. Et hors de l'Unique, nous sommes incomplets.

Le second Constructeur se tourna vers Max.

— Nous avons protégé le vaisseau des Mesalikos jusqu'à ce que le sable le recouvre. Puis nous sommes restés séparés de notre autre moitié pendant des milliers d'années.

— Un esprit divisé, dit Isabel.

— Nous avons utilisé les légendes des Mesalikos pour les éloigner, continua le second Constructeur. Puis nous avons fermé le vaisseau pour nous placer en stase, convaincus que l'énergie manquerait un jour et que nous n'existerions plus. C'était une fin acceptable, puisqu'elle échappait à notre contrôle. Mais les moteurs d'un autre vaisseau nous ont réveillés.

— Le Granilith, dit Max, à l'attention de ses compagnons.

— Nous avons senti le vaisseau et nous nous sommes activés. Nous ne pouvions pas nous en empêcher. (L'être se tourna vers le premier Constructeur.) Maintenant, nous le pouvons. Le temps est venu de mettre un terme à notre souffrance.

— Non !

— Nous n'avons plus de raison d'exister.

— La balise de détresse…

— Ne sert plus à rien… Nous n'avons aucune raison de chasser la population indigène et encore moins de nous attaquer à elle.

Sans un bruit, le premier Constructeur se divisa en une multitude de drones menaçants.

— Nous ne pouvons pas vivre seuls. Nous *choisissons* de ne pas vivre seuls !

Michael lança un rayon d'énergie qui tomba au milieu des drones. Comme toujours, il y eut une réaction en chaîne.

— Partez ! cria le deuxième Constructeur. Nous avons lancé la séquence d'autodestruction.

— Je croyais que c'était impossible, dit Max.

— Pas en cas d'invasion du vaisseau par des forces ennemies. Et nous avons choisi de vous considérer ainsi. Partez ! Il ne vous reste plus beaucoup de temps.

Quel « nous » me parle ? se demanda Max. *Celui qui a compris qu'il ne rentrerait jamais chez lui, ou celui qui ne voulait pas faire de mal aux humains ?*

N'ayant aucun moyen de le savoir, il tourna les talons.

Michael lança des boules d'énergie au milieu des essaims de drones qui tentaient de les intercepter. Chaque fois, une réaction en chaîne s'ensuivit.

Une alarme hurlait dans les couloirs.

Max avait le tournis, mais il refusa d'abandonner.

Quand ils atteignirent le sas du vaisseau, Liz trébucha et tomba. Sans hésiter, Max revint sur ses pas pour l'aider à se relever. Main dans la main, ils coururent dans le tunnel qui conduisait à l'entrée de la grotte.

Valenti et Michael les tirèrent dehors. Une fois à l'air libre, tous dévalèrent la pente.

Haletant, Max se releva pour regarder les drones lancés à leur poursuite.

— Si nous devons mourir, disaient-ils, vous mourrez avec nous !

Max généra un champ de force pour leur barrer le chemin.

Soudain, une explosion fit trembler la terre. Le sommet de la colline sauta comme un bouchon, laissant un cratère à sa place.

Les drones disparurent.

— Biodégradables ! lança Michael.

— Dégradables, en tout cas, lâcha Isabel.

Un nuage de poussière flottait sur la colline décapitée.

Mais le vent le dissipa très vite.

ÉPILOGUE

— Bien que l'armée nie être responsable de l'explosion qui s'est produite dans la réserve mesaliko, il est possible qu'un dépôt de munitions de la Seconde Guerre mondiale en soit la cause.

Max regardait les informations d'un œil distrait. L'autodestruction du vaisseau remontait à trois jours et plus personne n'avait vu de fantôme.

Seul dans sa chambre, Max essayait de ne pas penser à retrouver son fils ou à récupérer Liz. Depuis leur retour du désert, il l'avait évitée, conscient que sa présence la troublait. Mais il voulait qu'elle revienne dans sa vie et que tout recommence comme avant…

Mais Tess avait tout gâché.

Le téléphone sonna.

Max décrocha.

— Bonjour. C'est Liz…

— Salut…

— Ça va ?

— Oui. Je rattrape mon retard de sommeil.

— Je voulais m'assurer que tu allais bien. Ces jours-ci, je ne t'ai pas vu…

— Je savais que tu étais occupée par les travaux…

— Le *Crashdown* ouvre ce soir, annonça Liz. C'est ça, le bruit de fond que tu entends.

— Génial !

— Je me suis dit que tu aimerais peut-être venir en fin

de soirée. Je t'offrirai un cheeseburger pour célébrer notre victoire.

— Bonne idée. Je viendrai.

— Maria et Michael seront là aussi.

En un sens, Max en fut soulagé. S'ils avaient été seuls, il aurait peut-être essayé de lui forcer la main.

— Parfait, dit-il.

— Bien. A plus, alors.

Max raccrocha. Un peu de la fatigue et de l'inquiétude qui l'accablaient depuis trois jours semblaient l'avoir quitté.

— Salut.

Tournant la tête vers la porte de sa chambre, Max découvrit Isabel, somptueusement vêtue.

— Salut, Izzy. On ne s'est pas souvent croisés, ces derniers temps.

— Je travaillais. Un tas de gens veulent intenter un procès suite à ce qui s'est passé. Et tant pis s'ils ne savent pas vraiment à qui !

Personne n'avait réussi à expliquer l'apparition des fantômes. Certains psychologues prétendaient qu'il s'agissait d'une hallucination collective. D'autres observateurs pensaient que l'armée avait également eu un problème avec un gaz hallucinogène. Mais il n'y avait aucune preuve et on n'en trouverait pas. Les Mesalikos veillaient au grain, ne laissant personne fouiner sur leurs terres.

— Qui c'était, au téléphone ? demanda Isabel.

— Liz. Nous nous retrouvons au *Crashdown* en fin de soirée. Elle t'a appelée ?

— Non.

— Elle va sans doute le faire.

— Ce sera pour une autre fois.

— Tu as mieux à faire, dirait-on. A voir ta tenue, ça paraît évident…

— Hum… (Isabel lissa sa minijupe.) Je voulais seulement être à l'aise.

— Et où vas-tu, pour avoir besoin d'être à… l'aise ?

— Travailler.

— Hors des heures de bureaux ?

— Je bosse à la bibliothèque. Avant de partir, je voulais m'assurer que tu allais bien.

— Je vais bien…

Izzy hocha la tête, mais elle n'avait pas l'air convaincu.

— Une partie de moi, précisa Max, pense que j'essaye de m'aveugler sur mon propre état. (Il marqua une pause.) La vérité, Isabel, c'est que je ne veux pas être seul et penser à mon fils, qui est peut-être en danger.

— Tess ne lui fera pas de mal, Max. (Isabel vint s'asseoir au bord du lit.) Et tu n'es pas seul. Je suis là. Certains jours, tu peux compter sur Michael. Ou sur nos parents. Et sur d'autres personnes !

— Je sais. Mais je me *sens* seul, c'est tout.

Isabel lui posa une main sur le bras.

Aussitôt, Max se sentit un peu mieux.

— Tu verras Liz, ce soir. C'est un début…

— Manger un cheeseburger avec des amis… Rien de très prometteur !

— Ne *pas* manger un cheeseburger avec des amis le serait encore moins.

— C'est vrai.

Max sortirait, il s'amuserait et il éviterait d'espérer trop de cette soirée. C'était ça, le secret de la vie.

Il regarda Isabel.

— Je croyais que tu devais aller à la bibliothèque ?

— C'est vrai. Mais je ne m'en fais pas trop. Nous avons… (Elle marqua une pause.) Notre bibliothèque ne se formalise pas des retards. C'est une des nombreuses choses que j'aime chez elle…

Achevé d'imprimer sur les presses de

BUSSIÈRE

GROUPE CPI

à Saint-Amand-Montrond (Cher)
en avril 2003

FLEUVE NOIR
12, avenue d'Italie
75627 Paris Cedex 13
Tél. : 01-44-16-05-00

— N° d'imp. : 31907. —
Dépôt légal : avril 2003.

Imprimé en France